ars vivendi
Krimi

Leonhard M. Seidl

# Letzte Ausfahrt Giesing

Kriminalroman

ars vivendi

Originalausgabe

Erste Auflage Februar 2014

www.arsvivendi.com

Lektorat: Stephan Naguschewski
Umschlaggestaltung: ars vivendi verlag unter
Verwendung einer Fotografie von Rookie10/photocase.com
Druck: CPI Ebner & Spiegel, Ulm

Printed in Germany

ISBN 978-3-86913-422-2

# Letzte Ausfahrt Giesing

*Wir betreten die Nachtseite der Vernunft.*
*Es wird dreckig.*
*Hör auf zu lesen, bevor du kotzt.*
*Jammer nicht rum.*
*Hab dich gewarnt.*

# 1

Ich bin Valentin. Valentin Gaukler.

Bulle. Geschasster Bulle. Rausgeschmissen. Angeschissen.

Wegen einer Kleinigkeit – das könnt ihr mir glauben. Ich lüge nicht. Lügt ein Bulle? Nein, ein Bulle lügt nicht.

Größe 1.83, Alter 39, Gewicht 81 Kilo. Ach ja: Halsweite 41, Slipgröße 6 und Schuhgröße 43.

Dass ich meine blonden Strähnen beim Figaro immer wieder mal mit Locken aufmotzen lasse, geht keinen was an. Manche Girls sagen, ich gleiche dem frühen Robert Redford.

Falsch ist nicht, dass er immer sagt, was er denkt. Valentins Fehler ist, dass er denkt, was er sagt. Aussage meines Vorgesetzten auf der Dienststelle.

Idiot.

Ihr wollt wissen, wie es war, damals, vor eineinhalb Jahren, als mich die Polizei rausgeschmissen hat?

*The rest of the story?*

Von mir aus. Aber sagt nachher nicht, ihr hättet nix gewusst.

Ich hatte einen Partner. Rothaarig. Ich hasse rothaarige Partner. Schon immer. Aber gut. Man soll auf Minderheiten nicht rumhacken.

Rudi Mangold, so hieß er, war mit mir unterwegs. Wir alle auf der Schicht sagten Weißgold zu ihm, weil er rote Haare hatte – klingt nicht unbedingt logisch, ist aber so.

Als das Handy sang, waren wir auf unserem Rundgang am Sendlingertorplatz in München. Eine Ecke in der Innenstadt, wo immer was los ist.

Wir standen direkt vor dem Vodafone-Laden. Drinnen war es dunkel. Jedenfalls dachte ich, es sei dunkel.

War es aber nicht. Eine Taschenlampe funzelte. Meine grüne Swatch zeigte mir halb zwei. Morgens.

Weißgold sagt ins Handy, wir stehen schon davor. Vor dem Laden.

Ich sag, was ist los mit dem Laden?

Bruch, sagt Weißgold.

Ich seh das Loch in der Scheibe, die Eingangstür ist aufgehebelt. Drin funzelt die Taschenlampe. Der Kerl hat vielleicht Nerven.

Wer geht rein?, frag ich.

Du, sagt Weißgold, und ich geh rein, die Knarre im Anschlag.

Drin steht der Augendübler und grinst mich an.

Was machstn du hier?, sagt er.

Lächelt mir ins Gesicht. Ich kann seine Fahne bis ins Stammhirn riechen.

Hau ab, sagt er, ich arbeite hier.

Du arbeitest bald woanders, sag ich und wedle mit der Knarre.

Er wirft mir eine protzige Anlage der Telekom ins Gesicht und einen Karton mit Samsungs hinterher. Ich weiche aus.

Dann kommt ein Geschenkset mit einem Galaxy-S4 für die Kids angesegelt. Trifft mich in die Eier. Ich geh in die Knie. Die Knarre bleibt in meiner Hand.

Hör zu, Redford, sagt der Augendübler. Ich zahl dir 200, wenn du mich in Ruhe lässt.

Ich sag, und mein Kumpel draußen? Was ist mit dem? Der wird schon ganz unruhig!

Dein Kumpel geht mich einen Scheißdreck an, Bulle.

Er schmeißt zwei Scheine hin und rennt hinaus. Ich starre auf die Scheine und höre den Schuss. Den Augendübler hats am Ohr erwischt.

Weißgold hätte fast danebengeschossen. War nie ein besonders guter Schütze. Weißgold lag immer unter der Norm.

Ist ja auch egal.

Jedenfalls trifft er den alten Augendübler am linken Ohr. Ist für ein paar Sekunden taub.

Orientierungslos.

Rennt auf die Straße, während ich die Scheine wegstecke. Nix dabei für Weißgold, den miserablen Schützen. Wär ja noch schöner.

Ich lass mir die Galaxy in die Klöten schmeißen, und Weißgold kassiert die Hälfte meines Ruhegeldes?

So läuft das nicht.

Reifen quietschen. Der Augendübler ist in eine Pizzaladung gelaufen.

Der Punto stellt sich quer. Vergisst die Fahrbahn, schlingert über den Gehsteig, kommt schräg, kippt in Zeitlupe. Kotzt Pizza Margherita, Pizza Salami, Pizza Irgendwas.

Alles aufs Pflaster. Um 2.00 Uhr früh. Die Stadtstreuner rennen hin und prügeln sich um den Itakerdreck.

Der Augendübler liegt auf der Straße. Hält sich die Lauscher. Schreit nach Mutti. Ist aufs Hirn gefallen.

So war das. Der Augendübler hat ausgepackt, als sie ihn vom Asphalt kratzten. Er sagte, ich hätte immer pünktlich mein Ruhegeld gekriegt. Bar auf die Kralle. Damit er in Frieden arbeiten kann. Und jetzt das.

Wo führt das hin, wenn nicht einmal den Langfingern zu trauen ist?

Was sollte ich sagen?

Der Augendübler konnte zwar nichts beweisen, oder glaubt ihr wirklich, ich wäre so bescheuert gewesen, ihm auch noch eine Quittung für seine halbseidenen Alimente zu geben?

Es reichte auch so. Sie hatten mich am Arsch.

Als der Augendübler von Schmerzensgeld für eine geringfügige Verletzung, die er mir angeblich zugefügt hatte, faselte, überprüften die Säcke mein Konto bei der Bank. War ja nicht bloß die Kohle vom Augendübler, was sich da angesammelt hatte. Leg dein Geld niemals bei einer deutschen Bank an, Kumpel. Lauter Halunken.

Man fand das teure Fotolabor in meiner Bude. Der neue BMW stand vor der Tür.

Da wussten sie Bescheid.

Ich war raus. Ich war nicht nur raus. Ich war sozusagen rausraus. Dafür ist der Augendübler noch immer im Knast.

Beinah wär ich ihm gefolgt.

Und Weißgold?

Weißgold bekam einen neuen Partner. Das Leben ändert sich nicht. Nur dich. Nur dich ändert das Leben.

So ist das.

Weißgolds neuer Partner stinkt aus dem Maul. Hat mir Weißgold erzählt. In der Kneipe, wo ich jetzt arbeite. Hatte so einen wehmütigen Zug um den Mund, der Weißgold. Wird ihm wohl bleiben.

Was soll ich machen?

Ich musste die Mücken einfach nehmen. Ich glaube, München ist eine Hose mit Bügelfalten, bei der jemand den Schlitz offengelassen hat. Da musst du schauen, wo du bleibst.

Das Schmerzensgeld war erstunken und erlogen. Der Augendübler hätte mich nie erwischt, die alte Trantüte. Bin schneller als er. Meine Beinarbeit ist erstklassig. Meine Uppercuts sind tödlich.

## 2

Jedenfalls residiere ich jetzt im *Blauen Ochsen.*

Zweites Nebenzimmer rechts, neben dem Pissoir.

Admiralstraße 34, Untergiesing.

Bürgerliche Gegend. Ruhig. Jedenfalls am Tag. Nachts wirds laut. Aber das stört mich nicht.

Hab einen Fernlehrgang zum Privatdetektiv absolviert. Darf wieder eine Knarre tragen.

Ich liebe das Leben.

Hab einen Ausweis und einen Schlapphut.

Zu Sherlocks Pfeife hats nicht gereicht.

Rauche noch immer Salem ohne, die in der grünen Packung. Vermächtnis von meinem Alten. Der rauchte auch Salem ohne. Starb früh. Nicht am Lungenkrebs. An einem Hühnerknochen.

So war das.

Jetzt hocke ich hier am Schreibtisch. Vor mir das Handy. Daneben der Block mit Stift. Der Block ist leer, der Stift ist voll. Aufträge Fehlanzeige. Man muss Geduld haben.

Einen ganzen Container Geduld.

Neben dem Block steht eine Plastikvase mit drei Nelken aus Bast. Weihnachtsgeschenk meiner Tante. Tante

Josefine hat mich gesponsert. Als es bei der Polizei mit der Kohle noch nicht lief.

Tante Josefine aus Unterunsbach ging vor einem Jahr über den Jordan. Gott hab sie selig. Die Unterstützung blieb aus. Zeit für den Augendübler und Konsorten. Den Rest kennt man.

Neben der Plastikvase steht ein trübes Glas Kamillentee. Gegen mein Halsweh. Kennt ihr dieses kratzende, schmierende Gefühl direkt hinter der Zunge? Es nervt. Es nervt so, dass ich dem Kamillentee immer etwas Bauerntrank beifüge.

Nicht viel.

Die Dosis macht das Gift. Bauerntrank ist meine Medizin. Billig und schnell. Hat knappe siebzig Umdrehungen. Durchsichtig wie Quellwasser. Guter Stoff. Hilft auch bei Depressionen. Aber davon werde ich selten geplagt. Ich stehe positiv im Leben. Hab ich von Mutti.

So schnell wirft mich nix um.

Freundin hab ich keine. Warum, sagt Weißgold, soll ich eine Kuh kaufen, wenn mir ein Liter Milch genügt?

Ludwig reißt die Tür auf.

Ludwig reißt immer die Tür auf. Ludwig ist der Wirt vom *Blauen Ochsen*. Netter Kerl. Etwas breithüftig. Hustet viel. Liegt an der Weißen Eule, diesem gottverdammten stinkenden Zeug.

Ich sag, warum reißt du die Tür so auf? Das geht doch leiser auch.

Er sagt, schau mal auf die Uhr.

Ich schau auf die Uhr. Halb zehn. Die Bude brummt. Ich ahne, was Ludwig will.

Ich sag, Küche oder Gäste?

Küche, sagt er und prügelt die Tür in die Angeln, dass die Plastikvase kippt.

Bis 4.00 Uhr morgens stehe ich in der Küche. Teller rein in den Spülautomaten, Teller raus aus dem Spülautomaten. Zweimal verbrenne ich mir die Pfoten, weil ich nicht warten kann. Teller rein in den Spülautomaten. Teller raus aus dem Spülautomaten.

Rein raus rein raus.

Wisst ihr, wie das ist?

Altes Bratfett in der Nase.

Ludwig brüllt.

Der Koch schimpft mit der Salaterin.

Ich steh an der Maschine. Teller rein und Teller raus.

Prima Leben! Aber in jedem Leben fällt mal Regen.

Um zehn nach vier kommt Ludwig zu mir und sagt, da sitzt eine draußen. Die will was von dir.

Ich sag zu ihm, Kundschaft? Er zuckt mit den Schultern. Ich sag, soll morgen wiederkommen.

Er schmeißt sie raus.

Es ist nach fünf, als ich mich in die Koje haue. Im *Blauen Ochsen*, zweites Nebenzimmer rechts. Admiralstraße 34 in Untergiesing.

Ruhige Gegend, wie gesagt.

## 3

Um drei nach sieben singt das Handy sein beschissenes Lied. Ich öffne ein Auge. Öffne das zweite. Prügle den Wecker an die Wand.

Das Handy singt.

Ich tippe auf den Knopf und melde mich. Verdammter Mist. Das ist Nudel. Der hat mir gerade noch gefehlt.

Nudel heißt Helmut Sikora und läuft mit weißem Schal und schwarzem Mantel durch die Gegend. Auf seinem Kopf sitzt ein alter, weißer Hut, und unter den Augen wohnen Tränensäcke, so groß wie Teebeutel. Der Nudel ist Schriftsteller. Seit zweiunddreißig Jahren ist der Nudel Schriftsteller.

Hey, Vali, wie gehts denn sooo?, säuselt er. Dabei tönt sein o wie das Echo vom Königssee, mit einem leichten Schwung nach oben: Wie gehts denn soooi?

Und ich, die Mütze voller Schlaf: Bist du verrückt, Mann, mich mitten in der Nacht anzurufen?

Er redet dagegen, ich sags dir, es ist eine Sensation.

Mich drückt die Blase. Ich leg das Handy ab, geh aufs Klo. Giftgrüne Pisssteine beglotzen meinen Schwartenmichl.

Wie ich zurückkomme, feixt der Nudel noch immer wie ein Mönch beim Wichsen.

Zurzeit arbeitet er an der Kulturgeschichte der Spaghettinudel. Zuvor warens die Tagliatelle, die Bandnudel, die Schmetterlingsnudel und die chinesische Glasnudel.

So weit zum Nudelschriftsteller.

Er lebt von Klara Imhof. Sie war Näherin bei Karstadt. Kürzte Hosen und Röcke und anderes Zeug und säumte sie ein.

War lang arbeitslos.

Mit ihrem Ersparten hat sie unten im Haus ein Nagelstudio eröffnet. Läuft zäh. Untergiesing ist die falsche Gegend für so was.

Der Nudel sagt das auch. Aber er ist halt ein ewiger Nörgler.

Ungefähr zweimal die Woche zieht Klara Imhof aus der gemeinsamen Wohnung im 3. Stock aus, weil der Nudel keine Nudeln isst.

Er sagt, er forscht zwar über Nudeln und alles, was damit zusammenhängt, aber essen tut er sie nicht.

Nudeln machen dick.

Ein dicker Dichter ist dem Nudel ein Graus.

Das lässt Klara nicht gelten. Bevorzugt am Sonntag versucht sie dem Nörgler eine Teigwarenkreation unterzujubeln. Das geht jedes Mal schief, denn der Nudel riecht den Braten und verweigert die Nahrungsaufnahme. Darum schaut er auch drein wie Rasputin nach der Mauser. Dürr und halbgar, ausgefranste Haare bis zu den Schultern.

Und rostige Zähne. Grantig, unzufrieden und elend arbeitsscheu.

Das eigentliche Problem ist Klaras Sohn Friedrich Karl Alexander, Kurzform Frika, der unbedingt Trompeter werden will.

Die Trompete ist eine Kindertrompete, aber der Lärm, den Frika damit veranstaltet, übertönt ein ganzes Blasorchester.

Frika ist ein lieber, aber eigenwilliger Bub. Tagelang bleibt er verschwunden. Klara wird verrückt mit ihm. Frikas rechter Arm ist verstümmelt. Er endet knapp unter dem Ellenbogen. Es gibt keinen Unterarm, keinen Handballen, keine Finger. Für einen kräftigen vierzehnjährigen Burschen ist das grausam und unverständlich. Klara sagt, bei Frikas Geburt ist was schiefgelaufen. Ein Assistent in der Klinik hat dem Säugling die Hand abgerissen. Seitdem ist Frika ein Krüppel.

Weil der Bub Trompeter werden will, ist Klara Imhof von Pontius zu Pilatus gelaufen, um Geld für eine Prothese aufzutreiben. Vor knapp vier Monaten hatte sie das Geld zusammen und konnte den Kunstarm kaufen. Obwohl die Prothese eine Arme-Leute-Version ist, trägt Frika das Teil wie eine Trophäe und zeigt es jedem.

Frikas Mutter ist eine wahre Kämpfernatur. Schwarzes Haar, üppige Figur, großer Busen und breite Hüften. Immer ein Lächeln auf den Lippen. Ihre Stimme ist etwas laut, aber das kommt von Frika und dem Nudel, der nie zuhört, wenn sie was sagt. Klara Imhof ist ein Klasseweib und nicht zimperlich in der Wahl ihrer Mittel.

Eine von uns.

Kommt es hart auf hart, ist sie da.

## 4

Dem Nudel ist das alles wurscht. Frika ist nicht von ihm. Er mag den Buben nicht. Der stört ihn bei der Erschaffung seines Nudelwerkes. Ist Frika laut, muss er in den Keller. Mitsamt der Trompete. Es kommt vor, dass der Nudel ihn vergisst. Klara muss den Buben aus seinem Gefängnis holen.

Das gibt jedes Mal Ärger. Denn Frika ist Klaras Ein und Alles. Der Nudel ist mit Klara nur deshalb zusammen, weil er ihr Geld braucht. Klara schafft mit ihrem Nailshop die Kohle ran, und er lebt davon. Ich glaube, der Trottel ist nicht mal krankenversichert.

Indes arbeitet er unbeirrt am Katalog samt Index zur Sandnudel der australischen Aborigines. Inzwischen ist er auf Seite 812 angelangt. Ein Ende ist nicht in Sicht.

Leo Birnbaum ist öfter bei Klara, will sie unbedingt dazu bringen, mit Frika zum Vertrauenslehrer zu gehen. Birnbaum selber ist der Vertrauenslehrer, aber er will mit Klara direkt in der Schule reden. Das ist mehr offiziell, sagt er.

Ich glaub ihm das, Klara leider nicht.

Der Nudel quatscht noch immer.

Was denn für eine Sensation, sag ich, und er, hast du gewusst, dass die Nudel in ihrer Urform sogar aus Senf hergestellt werden kann?

Mich interessiert das nicht, und ich sage, das interessiert mich nicht.

Siehst du, Vali, siehst du, nörgelt er dazwischen.

Was soll der Scheiß mit dem Senf um 7.00 Uhr morgens?

Er lässt nicht locker.

Wissen, mein lieber Valentin, Wissen richtet sich nicht nach der Uhrzeit. Wissen ist allgegenwärtig. Und ich sage dir noch etwas, Bruder im Geiste ...

Ludwig reißt die Tür auf. Brüllt was vom alten Birnbaum, der draußen wartet. Bevor er die Tür wieder zudreschen und ich endlich in meine Hosen hüpfen kann, steht Leo selber da.

Ludwig sieht ihn mit dieser ihm eigenen lässigen Verkniffenheit an, wendet sich ab und drischt die Tür ins Schloss.

Ich sage dir, die Nudelwelt wird das Nahrungsgewerbe revolutionieren. Revolutionieren, mein Freund. Und weißt du auch, warum?

Hör zu, Nudel, ich habe Besuch.

Wer ist es, Vali? Lass mich raten. Ist es Frauke? Hast du gewusst, dass die alte Schnepfe über fünfzig ist und ein künstliches Hüftgelenk hat? Hast du das gewusst, Valentin? Schmeiß die Mistfliege raus. Dies hier ist ein literarisches Gespräch. Da haben die Triebe zu schweigen.

Mein Blick fällt auf Birnbaum, der auf der Bettkante hockt und herunterzurutschen droht. Wilde Verzweiflung bricht aus seinen Augen.

Ich beende das Gespräch und schnaufe durch. Der Tag wird lang, das kenne ich. In spätestens zehn Minuten ist der Nudel da, um mir von Angesicht zu Angesicht den Rest der Senfnudel um die Nase zu winden. Der Nudel ist einfach ein übler Typ.

Valentin, es ist eine Katastrophe passiert, sagt Leo mit Grabesstimme.

Leo Birnbaum, der gute alte Leonhard Birnbaum, Lehrer an der hiesigen Brems-Gotthardt-Grundschule, erster und zweiter Bubenjahrgang, zwickt die Augen zusammen. Leo ist knapp sechzig und wirds nicht mehr lang schaffen. Die Kids machen ihn fertig. Er hat den großen Burn-out. Ist längst reif für die Insel.

Eine geradezu kriminelle Wut steigt in mir hoch, wenn ich ihn da sitzen sehe. Irgendeine Sauerei ist passiert, und Leo Birnbaum, ein Weltklassemann in Deutsch und Musik, weiß sich nicht mehr zu helfen.

Ich hocke mich zu ihm und sag so ruhig, so ruhig es halt geht:

Was ist los, Leo?

Du glaubst nicht, was ich heute früh im Bubenklo gefunden hab.

Gebrauchte Pariser? Wichsbilder? Heroinspritzen? Sags mir, Leo, sag ich, und er sagt: Pulver.

Pulver? Was für Pulver?

Keine Ahnung. Weiß. Überall.

Und weiter?

Daneben stand ein Kasten Limonade. Die Flaschen waren geöffnet. Ich befürchte, dass das Pulver in der Limonade gelandet ist. Hast du eine Ahnung, was das bedeutet, Valentin? Es ist ein Attentat auf meine Buben. Ein Terrorangriff auf die Gesundheit meiner armen Kinder!

Leo Birnbaum, der gute Hirte, spricht nicht von Schülern oder Kids. Er ist vom alten Schlag. Er redet über seine Buben, über seine Kinder, wie es alle Junggesellen tun, die keinen eigenen Nachwuchs auf die Beine gestellt haben.

Hast du das Zeug weggesperrt?

Was?

Ob du den Limo-Kasten weggesperrt hast, damit keiner drankommt?

Oh Gott!

Ja oder Nein?

Nein, um Himmels willen. Ich bin ein solches Arschloch, Valentin! Ich habs total vergessen.

Komm, Leo, wir müssen.

Ich stopfe das T-Shirt in die Hose, zieh Boots und Windbluse über, und draußen sind wir. Ich muss noch mal zurück, das Handy holen. Ludwig steht in der Eingangstür und spuckt was vom Gemüseholen auf dem Viktualienmarkt.

## 5

Auf dem Schulhof tobt das Leben. Es gackert und gluckst und pfeift und brüllt und dröhnt – das ist Crystal Speed, dieses verdammte Drecksgift. In der Mitte, umringt von Kindern, Rudolf Blickseder, der viel zu junge Rektor. Ich weiß nicht, was sich die Leute in den oberen Etagen dabei denken, einen solchen Grünschnabel in den Kampf auf den Schulhof zu schicken. Aber ich bin kein studierter Herr mit einem Schmiss auf der Backe.

Blickseder, den sie im Kollegium den Tauchsieder nennen, weil er das Wasser für seinen Früchtetee während des Unterrichts mit dem Tauchsieder wärmt, dreht sich um die eigene Achse. Der Mann ventiliert hyper.

Immerhin hat es Blickseder offenbar noch fertiggebracht, den infizierten Limoträger an sich zu nehmen, bevor noch mehr passiert.

Ich springe in den Tumult, fege die Kinder links und rechts zur Seite. Es gibt eine Schneise, die sich hinter mir und Leo Birnbaum sofort wieder schließt. Wir sind gefangen.

Blickseder schwitzt aus allen Poren. Wir verständigen uns mit Handzeichen. Blickseder will die Polizei rufen, Birnbaum, der an das Gute im Menschen glaubt, will das nicht.

Ich denke dazwischen.

Wir brauchen Beweise. Ist das Limo mit Crystal vergiftet, ist der Fall eindeutig. Eine beschissene kriminelle Handlung. Vielleicht gibts Fingerabdrücke.

Ist das Gesöff nicht vergiftet, haben wir die Pferde scheu gemacht, und die Kids toben nur deshalb so rum, weil die erste Stunde ausgefallen ist.

Ein Test.

Wer von den Lehrern macht den Test? Meine Handzeichen sind eindeutig. Blickseder muss, als Direktor. Er wendet sich ab.

Ich versuchs bei Leo Birnbaum. Leo wird bleich, als er mein Ansinnen begreift.

Verdammter Mist.

Was soll ich tun? Ich schnappe eine Flasche und gieße das Zeug auf ex in mich rein. Plötzlich wirds ruhig. Alle schauen mich an, als wär ich, Herrgott noch mal, der Papst. Dabei bin ich nicht mal katholisch.

Der Himmel über mir schillert. Kippt nach hinten weg.

Mein Handy singt.

Hoyla ist dran. Harry Hoyla, der in Haidhausen ein paar Pferdchen laufen hat.

Harry faselt was von Edda aus Finnland, die ihm heut Nacht abgehauen ist. Mit einem Kunden. Er wird den Kunden kastrieren, wenn er ihn erwischt, und dem Mädchen die Fresse neu schnitzen. Wenn ich sie finde.

Ich falle um vor Lachen.

Der erste Auftrag an diesem jungen Tag, und ich bin high. Ich treibe auf dem grünen Dampfer. Auf dem grünen Dampfer im türkisfarbenen Meer. Der grüne Dampfer ist höher als das gesprengte AGFA-Hochhaus.

Nach zwei Stunden erscheint Weißgold und hebt liebevoll mein Kinn. Vorsichtig öffne ich die Augen. Das AGFA-Hochhaus ist einem Krankenzimmer gewichen.

Weißgold sagt, du hattest recht, Valentin, die Limonade war voll mit Stoff.

Ich dreh meinen Kopf nach links und nach rechts und nach oben und nach unten und sag, in welchem verdammten Scheißhaus bin ich hier gelandet?

Weißgold grinst und sagt, bei den Armen Schulschwestern in Harlaching.

Wo gibt es denn in Harlaching verdammt noch mal Arme Schulschwestern, frage ich. Er zuckt mit den Schultern, geht zur Tür, sagt: Wir haben den Kerl.

Dann bin ich allein.

Ich reiß mir den Nachtkittel vom Leib, geh zum Fenster, schau hinaus.

Ich gebe ja zu, mir ist flau im Magen und die Knie zittern. Aber deswegen gleich in Quarantäne zu den Armen Schulschwestern nach Harlaching, wo ich Harlaching mit seinen Bonzen eh nicht mag.

Pack meine Klamotten und verlasse das christliche Haus.

## 6

Ludwigs Empfang im *Blauen Ochsen* ist distanziert. Er hat eine große Einkaufstasche in der Hand und den Autoschlüssel. Im alten Käfer umkurve ich den Viktualienmarkt. Schließlich lande ich mitten auf dem Gehsteig vor einer Blumenhandlung.

Nach elf ist der Einkaufszettel abgearbeitet.

Ich kippe den vollen Korb in der Küche auf den Tisch. Entzünde eine Salem, geb Ludwig eine ab. Mir tun alle Knochen weh. Ich muss dringend in die Badewanne und dann eine Stunde ins Bett.

Ludwig sagt, Edda hat angerufen.

Wer ist Edda?

Im selben Moment fällt mir Harry Hoyla wieder ein. Das fügt sich ja prima.

Was weiß ich, wer Edda ist, sagt Ludwig.

Die Salem drückt er in der Bratpfanne aus.

Jedenfalls kommt Edda gleich vorbei.

In meinem Nebenzimmer versuche ich Harry per Handy zu erreichen. Ist aber nur die Box dran.

Seufzend mache ich mich auf den Weg in den 3. Stock. Klara öffnet nach dem siebten Klingeln. Ihr Bademantel ist lässig geknöpft. Ihre Brüste locken. Das kann ich jetzt nicht haben. Erst gestern hat sie meine Morgenlatte gemolken.

Zu meiner Rettung taucht der Nudel auf, nörgelnd wie immer.

Trägt einen roten Zylinder auf dem Schädel.

Den hat mir Frika geliehen, sagt er und pafft an einer fetten Zigarre. Sein Bademantel ist abgenutzt, aber ein schönes Stück. Echter Brokat.

Was willst du?, fragt Klara.

Könnte ich vielleicht ... sag ich, und Klara sagt, nein heute nicht, heute brauchen wir die Badewanne selber.

Aber vielleicht am Nachmittag, sage ich ohne Hoffnung.

Es ist Mittwoch. Das ist der wöchentliche Beischlaftag für den Nudel und die Klara. Frika ist hoffentlich in der Schule und ärgert Leo Birnbaum.

Lass ihn doch, sagt der Nudel. Während er in der Brühe liegt, werde ich ihm aus meiner Kulturgeschichte der Glasnudel vorlesen. Willst du etwas über die Ursprünge der Glasnudel erfahren, Valentin? Oder vielleicht meine bahnbrechende Genealogie zur Ahnenforschung der marokkanischen Pfeffernudel und ihrer Nebenlinien studieren? Ich kann auch pulverisierte Exponate aus Grönland vorführen.

Eine Flucht klärt manches.

Auf der Treppe renne ich fast Lore Frenz um. Lore wohnt unterm Dach. Sie ist dreiundachtzig, immer freundlich. Lore hat eigentlich sieben Katzen. Sie lässt außer mir nie wen in die Wohnung. Wovon sie lebt, hat bis jetzt noch niemand herausgefunden, obwohl sich alle darum bemühen, das Geheimnis um Lore Frenz zu lüften. Klara meint, sie habe den Holocaust überlebt. Der Nudel meint, sie lebe von ihren Ersparnissen als Marketenderin im Dreißigjährigen Krieg.

Ich beschließe, mich in die Falle zu hauen, bevor ich Harry in Haidhausen besuche. Vorher allerdings ist um 14.00 Uhr eine Hochzeit angesagt.

Bin als Trauzeuge geladen.

Eigentlich sollte ich ein weißes Hemd und einen schwarzen Kulturstrick besorgen.

Socken waschen. Schuhe putzen. Rasieren.

All so was.

Auf meinem Bett sitzt Edda, ein absolut heißer Käfer. Hohe Wangenknochen, volle Lippen, große Augen. Eine Haarpracht wie Gina Nazionale in den besten Jahren. Das Titten-Display ist umwerfend. Vielleicht neunzehn, zwanzig. Ein gefährliches Werkzeug des Teufels.

Du musst mich bei dir verstecken, haucht sie und bleibt sitzen.

Unter ihren Augen sehe ich schwarze Schatten. Ich hocke auf dem Stuhl und entzünde einen Glimmstängel. Sie lehnt die angebotene Kippe ab.

Warst du heut Nacht schon mal hier?, will ich wissen. Sie nickt schweigend.

Dann blickt sie auf und sagt, hat Harry schon angerufen?

Ich grüble über dieser Frage. Es ist gesünder, bei der Wahrheit zu bleiben. Harry ist ein grimmiger Hund.

Ja, Harry hat angerufen. Hat mich beauftragt, dich zu suchen. Hab dich gefunden. So einfach ist das.

Ich will nicht zurück, sagt sie dünnlippig.

Also markier ich den harten Max.

Geht mich einen Dreck an, was zwischen euch läuft. Er gibt mir drei Blaue, und die Sache ist geritzt. Du gehst zurück zu Harry.

Sie starrt auf den Boden, will nun doch einen Sargnagel.

Geb dir vier Blaue, wenn du mich bei dir versteckst.

Darüber muss man nachdenken dürfen.

Die Miete. Die Kosten für den Wagen. Ein neues Löwenkäppi. Meine Fotoausrüstung, die im Pfandhaus schimmelt. Vielleicht mal wieder ein Essen mit Klara bei Bruno Galvano am Rosenheimer Platz.

Es gibt viel schönes Zeug im Leben.

Aber Harry Hoyla ist ein schwerer Brocken.

Wenn er rauskriegt, dass ich sein Pferdchen verstecke, kann es blutig werden. Freundschaft und Aufträge kann ich mir dann in die Haare schmieren.

Edda holt vier Lappen aus ihrem Tigertäschchen. Legt sie auf den Tisch neben dem Stuhl neben dem Bett. Legt ihre Bluse dazu, den Rock und den rosa Ritzenputzer. Legt sich ins Bett und wartet. Was soll ich machen?

Das Leben ist eine Hühnerleiter.

Leg mich dazu und genieße, was der Tag mir schenkt: *Carpe diem* – pflücke den Tag.

Um zehn nach zwei fahre ich hoch.

Links Edda, den Daumen im Mund. Rechts der kaputte Wecker am Boden. Grinst mich höhnisch an. Ich springe in die Klamotten. Edda schlägt die Augen auf.

Was machst du denn?, sagt sie schmollig.

Muss zur Hochzeit, sage ich und reiße dabei den Schnürsenkel vom Turnschuh ab.

Du heiratest?, fragt sie.

Ihre großen Augen sind noch größer geworden. Dann kippt sie ihre endlosen Beine aus dem Bett und schlüpft in den Rock.

## 7

Mein antikes Modell der D-Klasse bringt uns zur Kirche der Ehrwürdigen Brüder. Tina steht auf der Treppe, angetan mit einem weißen Brautkleid, einer Schleppe dran, einem Schleier auf dem faltigen Haupt und einem Strauß Plastikrosen in der linken Hand.

Sie winkt.

Die Kirchturmuhr jammert drei düstere Schläge.

Edda ist bei mir.

Endlich taucht Bruder Theo auf.

Ich kenne Theodor Birk, genannt die Klagemauer, seit Kindertagen. Er wusste nie so recht, was er werden sollte, drum ist er Pfarrer geworden. Man gönnt sich ja sonst nichts.

Manchmal nehmen wir ein Näschen zusammen, und Krö, sein Koch, schnupft fröhlich mit.

Wo steckst du denn so lange, Valentin, sagt Theo und schiebt uns ins Kirchenschiff.

Theo darf mich Valentin nennen, schließlich haben wir als Buben gemeinsam in den Schnee gepinkelt und unsere Zollstöcke vermessen.

Ich sags dir, Theo, das ist heute wieder so ein verdammt beschissener Tag. Erst wasch ich mir in Ludwigs Küche an den Scheißtellern die Finger teigig, dann gibts in Birnbaums Schule ein gottverdammtes Limo-Attentat, solls der Teufel holen, und dann flattert mir auch noch eine dermaßen geile Braut ins Haus.

Theo hüstelt.

Hüstelt die Klagemauer, ist Vorsicht geboten. Theo hüstelt nie nur so. Theo hüstelt immer mit Bedacht. Will sagen, Gott spricht zu uns, wenn Theo hüstelt.

Mein Theo ist ein intelligentes Kerlchen, der hüstelt nie dumm rum.

Habs kapiert, Prediger. Wir sind in der Kirche, da wird nicht geflucht und dummes Zeug geredet.

Fangen wir an.

Theo schreitet einher. Ihm folgt Tina, die Braut mit züchtig zu Boden gesenktem Blick. Den Abschluss bilden Edda und ich. Edda hat Rouge aufgelegt und sich bei mir untergehakt. Ihre Pumps klackern verheißungsvoll auf den ehrwürdigen Steinplatten.

Theo beginnt seinen Singsang.

Wir haben uns hier zusammengefunden, um das hohe Fest der Vermählung zu begehen. Vor den Altar des Herrn tritt die ehrengeachtete Jungfrau Tina Blattert, mir persönlich bekannt und wohnhaft in der Admiralstraße 34 in Untergiesing. Als Trauzeuge ist geladen Herr Valentin Gaukler, von Beruf privater Ermittler, mir ebenfalls persönlich bekannt als ein Mann ohne Fehl und Tadel.

Ich gähne. Ohne schlimme Absicht. Es gähnt aus mir heraus. In Anbetracht meines Schlafdefizits kein Wunder. Die Klagemauer hüstelt. Nach einer Kunstpause, die er präzise setzt, wirft er mir einen strengen Blick zu. Die Litanei geht weiter.

Die Braut ist vor den Altar getreten, um vor Gott und den Menschen, in unserem Fall vor Valentin Gaukler und seiner Begleiterin, sich zu heiraten. Also frage ich dich, Tina Blattert, willst du dich zur Gemahlin nehmen, willst du zu dir stehen in guten wie in bösen Tagen, willst du dich ehren und auf Händen tragen, bis dass der Tod dich scheidet?

Tina, sakral: Ja, ich will. Ich will öffentlich bezeugen, dass ich mir treu bin und bleibe.

Theo wartet.

Als nichts mehr kommt, sagt er aufgeräumt, hiermit erkläre ich dich für verheiratet. Aber ich füge hinzu, dass ich dieses denkwürdige Ereignis zwar registrieren werde, es als Eheschließung jedoch nicht in das amtliche Kirchenregister eintragen kann.

Hier nun schweigt die Blattert. Es macht ihr nichts aus. Sie ist achtundfünfzig, Wurstverkäuferin in der Metzgerei Strauchler in der Grünwalderstraße.

Sie ist glücklich.

Ja, sie wird sich treu bleiben. Bis dass der Tod sie scheidet. Ob das in irgendwelchen staubigen Folianten steht oder nicht, ist schnurz.

Theo steht am Altar, spricht einen stummen Segen und schreitet zügig die Stufen herab.

In welche Kneipe gehen wir?, fragt er beschwingt. Das Hochzeitsmahl wartet.

Tina weiß Bescheid. Es ist vereinbart, dass wir bei Ludwig im *Blauen Ochsen* ein Fässchen köpfen.

Ich bremse den Bruder.

Theo, da ist noch was, sag ich, und er sagt, was willst du denn noch, ich hab einen Riesendurst.

Nein, sag ich, später, später, Theo. Es gibt, wie soll ich sagen, eine Doppelhochzeit.

Theo glotzt.

Eine Doppelhochzeit? Ich sehe kein Brautpaar. Oder willst du diese Schnecke heiraten? Bist du lebensmüde, Valentin, oder bloß übergeschnappt?

Ich schwitze Feuer und Eis. Sehe zu Edda hinüber, die strahlt wie ein Honigkuchenpferd. Ich bin fix und fertig.

Ich weiß nicht, wie soll ich sagen, Theo, Edda und ich lieben uns.

Theo sagt grimmig, seid ihr verlobt?, und ich sage, natürlich sind wir verlobt.

Wie lange kennt ihr euch schon?, fragt die Klagemauer streng, während er sich seinen schwarzen Mantel um die Schultern legt und den schwarzen Zorro-Hut aufsetzt, den mit dem blutroten Schweißband drum herum.

Eine Stunde. Nein, zwei. Zwei Stunden und vierzig Minuten, sage ich stramm. Theo soll bloß keine Zicken machen.

So geht das nicht, sagt er und sperrt die Kirchentür hinter sich ab. Ich schlage vor, wir sprechen bei Ludwig drüber. Habt ihr einen Trauzeugen?

Edda mischt sich ein, sagt, wir könnten doch Harry fragen, aber das bringt ihr böse Blicke.

Nicht ganz dicht, die Alte, denke ich, und auch daran, sie lieber doch nicht zu heiraten, sondern sie per Express zurück nach Haidhausen zu schicken.

Das Thema wird vertagt.

## 8

Im *Blauen Ochsen* warten frische Weißwürste, Brezen und Fassbier auf die Hochzeitsgesellschaft.

Als Ludwig von den Heiratsplänen erfährt, ist er begeistert.

Er fragt Edda, ob sie kochen kann und ob sie sich mit Salatspezialitäten und der Zubereitung von marinierten Heringen für die Faschingstage auskennt.

Edda schweigt zu alledem und klammert sich an mir fest, aber das finde ich nicht erotisch.

Vielleicht taugt sie als Spülerin, sagt Ludwig enttäuscht, während er den dampfenden Wurstkessel auf den Tisch knallt.

Dass dabei die Brühe auf Tinas Brautkleid schwappt, wird mit Gelächter quittiert.

Eine Weile herrscht gefräßige Stille. Theo schnäuzt zwei Mal.

Beim fünften Birnenschnaps sagt Ludwig zu mir, meinst du nicht, dass du dir das überlegen solltest? Edda ist ja noch so jung. Wie jung bist du eigentlich, Edda, mein Kind?

Siebzehn, haucht Edda.

Geiles Glitzern in Ludwigs Augenwinkeln. Schreite unverzüglich ein.

Meine Entscheidung, capisco?

Ludwig grinst.

Was sagt Edda dazu, fragt Theo dazwischen. Weiß sie denn, wen sie vor sich hat? Valentin Gaukler, Schnüffler mit mehr Blei als Blut im Körper. Seine Prostata ist so zugewachsen, dass er beim Pinkeln husten muss, damit was rauskommt. Seine Leber ist ein Schwamm und seine

Knie sind Spinat. Sein Hirn ist durchlöchert von Jerry Cottons Bleispritze.

Stopp, sage ich ruhig und erhebe mich deutlich. Stopp, Theo. Nun ists genug. Es wird geheiratet. Auf der Stelle. Ludwig und Tina sind Trauzeugen.

Tina schläft, sagt Theo. Ludwig macht gerade meinen Hackbraten. So siehts aus, Valentin, alte Blechwampe.

Theo ist nun ebenfalls aufgestanden. Ich setze mich wieder hin.

Es geht nicht, dass wir uns auf Tinas Hochzeit prügeln.

Meine Faust juckt trotzdem.

Das mit der Prostata reibe ich ihm noch hin, dem Bruder, dem staubigen.

Schließlich ist der Hackbraten verzehrt und Tina erweckt.

Wir schreiten zur Vermählung.

Wie heißt du?, fragt Theo.

Annette Kaulquab, sagt Edda.

Ich kippe halb vom Stuhl. Annette Kaulquab? Verdammte Kiste.

Aber was solls?

Theo sagt seinen Spruch. Fünf Minuten später ist Edda meine Frau. Nicht vor dem Herrn im Himmel, aber vor Ludwig, Tina und dem leeren Weißwurstkessel.

Muss reichen bis zur Scheidung.

## 9

Wochen später.

Ich hocke in der Badewanne. Klara spielt U-Boot. Mein Sehrohr ist ausgefahren.

Sie knabbert.

Es klopft an der Tür. Hart und trocken. Wird aufgerissen. Ludwig steht da, betrachtet Klara mit stillem Wohlgefallen.

Ludwig sagt, Katzen-Lore ist unten und heult.

Ich fahre meinen Urinstab ein.

Was hat sie denn?

Ludwig, der brave Wirt vom *Blauen Ochsen*, grinst mir ins Gesicht.

Sie will wieder einen Durchsuchungsbefehl.

Lore Frenz ist eine Person, die in den Kategorien Recht und Gesetz denkt. Sie lebt in einer ordentlichen Welt und fühlt sich nur in einer Umgebung wohl, in der alles sauber und harmonisch ist.

Streit geht Lore aus dem Weg. Gewalt verabscheut sie. Noch nie hat jemand etwas davon erfahren, dass Lore bei Rot über die Straße, über *irgendeine* Straße gegangen wäre.

Niemals würde sie zum Beispiel mit ihrem Holländer-Fahrrad falsch in eine Einbahnstraße abbiegen.

Geht Lore aus, trägt sie eine Bibel bei sich, aus der sie einem Kaufhausdieb vorlesen könnte. Mit klarer und lauter Stimme.

Man darf sagen, Fräulein Loretta Frenz steht kurz vor der Heiligsprechung. Fehlt nur noch der passende Papst.

Es geht die Mär, sie sei unendlich reich.

Dieses Vorbild an Menschlichkeit sitzt auf meinem einzigen Stuhl und heult sich die Augen aus.

Sie glaubt, ich bin noch immer ein Bulle.

Herr Gaukler, ich brauche dringend einen Durchsuchungsbefehl. Sie als Polizeibeamter müssen ihn besorgen.

Ich schau sie an, wie sie dahockt, schniefend, dennoch schlank und aufrecht. Friedhofsblondes, streng gescheiteltes Haar, weiße Bluse, silberne Spange, schwarzer Rock, schwarze, glänzende Schuhe.

Ich äußere den Verdacht, dass eine ihrer Katzen abhandengekommen ist.

Nein, sagt sie und schnieft wieder.

Inzwischen kocht das Teewasser. Ich entbiete ihr eine Tasse Früchtetee. In meinen Becher kommt etwas Stärkung. Gemeinsam nehmen wir einen Schluck.

Lore ist entspannt.

Herr Gaukler, Entsetzliches ist passiert.

Lore begegnet ständig dem großen, dem grauenvollen Entsetzen. Dagegen ist Dantes Inferno ein Wellnesshotel mit Sauna und Dampfbad.

Sie sagt, in siebzehn Minuten beginnt die tägliche Katzensendung *Miau* auf dem bayerischen Kanal. Und ich finde meine Fernbedienung nicht. Können Sie sich diese Katastrophe vorstellen? In siebzehn Minuten!

Ich starre in meinen Kamillen-*Coretto.*

Das ist natürlich ein Problem, Frau Frenz. Ich werde sehen, ob ich einen Durchsuchungsbefehl für Ihre Fernbedienung erwirken kann.

Sie schnieft unglücklich.

Das dauert ewig.

Vielleicht können wir den Durchsuchungsbefehl später nachreichen.

Sie sieht mich an. Ihre Augen trocknen.

Glauben Sie, das geht, Herr Kommissar? Ich darf mich nicht außerhalb von Recht und Gesetz stellen, aber in siebzehn Minuten beginnt die *Miau*-Sendung auf dem bayerischen Kanal, und deshalb ist es wichtig, dass wir die Fernbedienung finden.

Wir sind in ihrer Wohnung unterm Dach.

Die Katzen fallen mich an. Drei sind hinzugekommen.

Sie heißen Eliana, Leyla und Salome. Der Kater heißt Stromboli.

Woher Lore die verdammten Namen hat, konnte ich bis jetzt nicht rauskriegen.

Ich trete wieder auf die Treppe, bis Lore die Viecher weggesperrt hat. Sie müsste mal lüften. Aber das kann ich ihr nicht sagen.

Nicht jetzt.

Minuten miauen in die Zeit.

Dann bin ich im Wohnzimmer. An dem breiten Fenster steht ein fulminantes Fernrohr. Damit studiert Frau Frenz die Sterne, wenn sie nachts nicht schlafen kann.

Natürlich kann man damit auch die Fenster gegenüber beobachten. Doch diesen Hang zur Neugier würde sie niemals zugeben.

Die Fernbedienung liegt hinter der Glotze. Ich drücke sie der Lady in die Hand.

Ach, Herr Kommissar, sagt sie milde, ich werde Sie in meinem Testament bedenken.

Sie haucht mir einen Kuss auf die Wange, der überirdisch nach Lavendel duftet.

Loretta Frenz hat Kultur, da kann man sagen, was man will.

Den Durchsuchungsbefehl hat sie vergessen.

## 10

Die Faust trifft mich im Nacken.

Mein Kopf wird nach vorne gerissen.

Die Sehnen am Hals bersten beinahe.

Meine Stimme klingt, als hätte ich ein Beißholz verschluckt.

Ein weiterer Schlag trifft mich in der Nierengegend.

Versuche mich umzudrehen.

Klappt nicht.

Werde aus dem Bett geschmissen.

Auf den Boden gezerrt.

An den Haaren.

Ein Schmetterlingsmesser visualisiert sich.

Zielt auf meinen Nabel.

Harry Hoyla steht mit wirrem Blick über mir.

Stockbesoffen.

Unberechenbar.

4.00 Uhr früh. Gerade bin ich todmüde in die Falle gekippt. Bis 3.00 Uhr die Gäste bedient, zwei Zechpreller verhauen, Gläser gewaschen, Tische abgeräumt.

Achtundvierzig Stühle draufgestellt.

Harry hat meine rechte Hand gepackt. Zieht das Messer über die Kuppe des Zeigefingers. Ich reiße die Hand zurück.

Er hält sie eisern fest.

Wo ist Edda?, gurgelt er. Ich will meine Edda zurück. Wir sind verlobt.

Entziehe ihm die Klaue. Schwinge mich hinters Bett. Sofort ist er wieder über mir.

Wo ist Edda?, brüllt er.

In Finnland, sage ich, weil mir nichts Besseres einfällt.

Dass Edda momentan an Ludwig ausgeliehen ist, kann ich Harry nicht vermitteln.

Das wäre Selbstmord mit Ansage.

Er ist imstande und sticht Ludwig ab.

Wo soll ich dann wohnen?

Ludwig gehören der *Blaue Ochse* und das Haus darüber.

Wo ist meine Edda?, brüllt Harry und ritzt mir ein Muster in den Unterarm.

Kugle weg und sage, Edda ist zu Hause bei ihrer Mama und bei ihrem Papa und bei ihrem Bruder und den drei Schwestern.

Name vom Bruder, krächzt er.

Stromboli.

Schwestern?

Eliana, Leyla und Salome.

*Danke, Katzen-Lore.*

Er lässts nicht gelten.

Will wissen, wo seine Verlobte, das gottverdammte Luder, steckt.

In Helsinki, japse ich, oder in Stockholm oder in Odessa oder irgendwo anders, was weiß denn ich? Das weiß ich wirklich nicht, gottverdammte Scheiße, Harry, hör auf mich zu durchlöchern.

Er sieht mich eine Weile an. Dreht meinen Arm nach hinten.

Ich ächze. Er ächzt dagegen.

Die Klagemauer sagt, du hast Edda geheiratet.

Bevor er mir den Arm abdreht, erkläre ich ihm den wahren Sachverhalt.

War eine Probe. Eine Probe für die Hochzeit zwischen Edda und dir, Harry. Die Hochzeitsprobe war überhaupt nicht in der Kirche, sondern beim Weißwurstessen zu Ehren der Hochzeit von Tina im *Blauen Ochsen.*

Tina hat geheiratet?, sagt er verwirrt.

Jetzt hab ich ihn.

Er denkt.

Das ist das Zeichen, dass Harry langsam wird.

Er schlägt zwar schnell und hart, aber denken muss er langsam, damit er zu einem Ergebnis kommt.

Harry ist in Ordnung.

Wir reden noch ein, zwei Minuten oder zehn, dann legt er sich in meine Koje und pennt weg. Ich sitze noch eine Weile da.

Was soll ich machen?

Soll ich bei Lore und ihren Katzen nächtigen?

Mir fällt ein, Klara ist mit dem Nudel an den Deininger Weiher zum Zelten gefahren.

Ich gehe zu Ludwig und störe ihn beim Ritt mit Edda. Widerstrebend gibt er mir den Generalschlüssel.

In Klaras Wohnung haue ich mich aufs Kanapee.

Am Morgen bin ich bei Ludwig in der Küche. Er hinkt. Wir rauchen Salem. Er ist wortkarg. Das Reden fällt ihm schwer.

Ein blaues Auge blinkert.

Stockend erzählt Ludwig von Edda, die zu mir ins Bett wollte, dort aber Harry traf. Sie hat gequatscht.

Das wars.

Harry hat Ludwig vermöbelt und seine Verlobte nach Haidhausen gezerrt. Über die Scheidung wollte Harry allein mit mir verhandeln.

Dann geht Ludwig zum Kotzen auf den Hof und ich zum Pinkeln aufs Pissoir.

# 11

*Während der letzten Strophen des Liedes sind Adrian, ein schöner Jüngling, und Jusemina, ein schönes Mädchen, eingetreten. Sie halten sich zärtlich umschlungen.*

JUSEMINA Lass aus der grellen Sonne uns in ihren Schatten treten
Damit ich besser deines Leibes Umriss sehen kann
Wie Marmor leuchtest du und teilst mit deinem Glanz
Die malvenfarbne Luft wie eine kühne Galionsfigur
Des Meeres Schaum, mein schöner Adrian.

ADRIAN Gleich dem Gestirn oder der Lampe trägst stets dein Licht du bei dir, und wenn ich über deine runden Titten

Deines Mundes Lippen, du Arsch!

Deines Mundes Lippen streichele, klingt es aus dir wie aus der Laute Wölbung.

Otto Harn, genannt Harnotto, Schauspieler von Gottes und der Bretter Gnaden, steht vor mir als junger, strahlender Held.

Wir proben in seiner Höhlenwohnung im Souterrain unter Ludwigs *Blauem Ochsen*. Es ist die erste Szene. Das Theaterstück von Michel de Ghelderode heißt *Die Ballade vom großen Makabren*. Otto gibt den Adrian.

Ich souffliere die Jusemina.

Harnotto wäre nicht Harnotto, wäre er zufrieden.

Ich bitte dich, Valentin, steh auf, wenn du sprichst. Nimm eine weibliche Haltung ein, etwas lüstern, aber nicht geil. Andeutend, wie Stanislawski es nennt. Ich zeigs dir.

Er zeigts mir.

Steht da wie eine verbogene Gießkanne.

Ich steh auf, verlasse die gemütliche Ottomane und postiere mich andeutend lüstern, doch nicht geil, neben dem kaputten Kühlschrank. Mit brünstigen Orangen im Shirt.

Nach zwei Stunden ist die Arbeit geschafft.

Ich könnte Jusemina jetzt rückwärts runterspulen. Wenigstens die erste Szene.

Aber ich bin kein Quatscher für die Bühne.

Alle Schauspieler sind Lügner. Sagt Harnotto.

Seine Bühne ist sein Leben.

Harnotto hat sich gesetzt und nippt am Edelstoff.

Der Mann ist gelernter Schauspieler, hätte um ein Haar bei *Der Name der Rose* eine Rolle gekriegt.

Tingelt jetzt durch die Schwabinger Szene. Sechsundsiebzig, gertenschlank; schlohweißes, schulterlanges Haar; Hakennase altrömisch.

Hüllt sich in schwarze Hose, Shirt und Sakko. Nennt es seine Berufskleidung. Wer ihn geschminkt auf der Bühne erlebt, schätzt ihn auf fünfzig plus.

Harnotto ist ein prachtvoller Mensch. Er kennt Wörter, wie sonst nicht einmal Klaras Nudel im 3. Stock.

Dafür lieben wir ihn. Er ist der Künstler in Ludwigs Hütte. Der Intellektuelle. Der Weise.

Welch ein leuchtender Stern am trüben Himmel von Untergiesing!

Harnotto schweigt sinnend. Hält Kopf und Flasche schräg links. Trinkt gelassen, nimmt eine Salem.

Wir rauchen.

Jeder hängt in seinen Gedanken.

Der Weise fragt nicht, wies geht, obs läuft. Er muss das nicht wissen.

Lebt in seiner Welt, seinen Rollen.

Manchmal träumt er sie. Sagt, dass ihn diese Träume inspirieren. Sie öffnen ihm eine neue Sicht in seiner Trinität als Mensch, Schauspieler, Kosmiker.

Beim Arbeitsamt gibt er Traumausstatter als Beruf an. Sieben Mal hat man ihn rausgeschmissen. Er geht nicht mehr hin. Die Sieben ist eine heilige Zahl.

Wann ist es so weit?, sage ich in die geräumige Stille hinein.

Die Preview ist am Samstag, 19.00 Uhr, sagt er und lächelt. Ahnend. Weise.

Bevor ich fragen kann, sagt er: Die Preview ist eine Vorschau, kann auch als Appetithappen für ein ausgewähltes Publikum verstanden werden, sozusagen eine öffentliche Generalprobe.

Mir bleibt schüchternes Nicken.

Er sagt, er werde heute noch ein inverses Liebesgedicht schreiben. Im Grauen des Morgens.

Harnotto röhrt mit übermütiger Fistelstimme.

Sah ein Knab ein Höslein wehn,
's Höslein von der Heidi.

## 12

Bevor mich seine robuste Lyrik erschlägt, kracht die Tür.

Ludwig erlöst mich.

Von einer Hölle in die andre.

Wir gehen zwei Zimmer weiter.

Hier befindet sich ein imposantes Gewölbe von vielleicht 150 Quadratmetern. Stämmige Säulen behindern zwar die Sicht, aber sonst ist der Raum wie geschaffen für die große Kleinkunst.

Harnotto hat Ludwig so lange beschwatzt, bis er eine kleine Bühne eingebaut hat. Noch fehlen die Scheinwerfer und der Vorhang. Aber der Materialaufzug für Essen und Getränke arbeitet schon. Tische sind da, Stühle auch.

Die Saalbeleuchtung lampenfiebert.

Die Kellerfenster nach draußen, vier an der Zahl, müssen zugemauert werden.

Mein Job.

Zement und Wasser drehen sich in der Mörtelmaschine. Die Ziegelsteine, rot und rissig, stehen bereit.

Ich muss dann.

Wird ein beschissen langer Tag.

Außer, es käme vielleicht ein Auftrag.

Ein klitzekleiner Auftrag.

Die Hoffnung stirbt zuletzt.

Ist von Shakespeare. Oder von Goethe. Passt immer. Sagt Harnotto.

Draußen regnen alle Wolken.

Ich setze den letzten Stein in die Wand.

Die Fenster sind verschwunden, nur das Geprassel des Wassers klingt dünn bis zu mir. Ich trete zwei Schritte zurück. Betrachte mein Werk. Bin zufrieden.

Stelle die Mörtelmaschine ab.

Hinten der Verschlag. Ist mir neulich aufgefallen.

Bretter, Dreck, Staub. Fauliger Geruch.

Ist beschissen heiß da. Ich reiße den Verhau nieder. Finde mich unter Ludwigs Küche. Der große Herd gibt durch den Boden Hitze ab.

Was huscht da? Ratten? Mäuse? Hamster? Maulwürfe?

In dieser Höllenhitze hat sich anderes Getier versammelt. Spitzer, nach oben gereckter Schwanz. Beschissene, giftige Skorpione in einer Holzkiste.

Hastig zähle ich.

Sie rascheln gierig, warten auf Futter. Sieben Stück. Sieben verdammte, beschissene Skorpione im *Blauen Ochsen*.

Unten im Keller.

Mein Verdacht fällt sofort auf Karibik-Kurt, der angeblich auf einer Sonneninsel eine Villa besitzt. Hat zwar noch keiner gesehn, das Hüttlein, aber erzählen tut ers jedem, der es hören will. Freilich auch denen, die nix davon hören wollen.

Karibik-Kurt treibt sich hin und wieder im Keller rum. Man hat ihn gesehn.

Dachte, er will eine Frau treffen oder Geschäfte machen.

Hat also der Drecksack Skorpione versteckt, das Gerücht ging ja schon lang.

Na gut.

Ich mach den Verschlag wieder dicht, bevor mir eins von den Viechern abhaut und die Gegend aufmischt.

Und Lores Katzen killt.

# 13

Stammtisch.

Weißwürste. Brezen. Eine frische Halbe.

Neben mir sitzt Knilli. Knilli hat ein Triefauge wie Karl Dall. Kanns in den Mundwinkel baumeln lassen.

Will er bei den Weibern Eindruck schinden, legt er sein Gebiss auf den Tisch. Das ist braun. Die Eckzähne fehlen. Antikes Teil.

Knilli ist zwischen siebzig und Verwesung, arbeitet aber noch als Sackhändler. Momentan macht er in Knöpfen. Lederknöpfe, Hirschhornknöpfe, Glitzerknöpfe, Silberknöpfe, Uniformknöpfe WK 1 und WK 2, Holzknöpfe und Designerknöpfe. Hats von einer Haushaltsauflösung. Sagt er.

Glaubt kein Mensch.

Knilli klaut wie zehn Elstern. Was in den Sack passt. Heutzutage schleppen die Anzugträger Geldkoffer, sagt er. Knilli bleibt beim Sack.

Eins weiter liest Sepp Doll in der Zeitung mit den großen Buchstaben. Sepp stammt aus dem Berliner Wedding.

Sepp grummelt, aber das hat nix zu bedeuten. Er mosert über dämliche Politiker und über den Fußball. Wenn ihm eine Antwort nicht passt, knipst er das Hörgerät in den Wolkenohren ab.

Mir gegenüber hockt Frauke.

Sie wohnt im 1. Stock.

Frauke hat eine barocke Figur und trägt das ondulierte Haar wie eine Auszeichnung auf dem Haupt.

Hinter vorgehaltener Hand nennen wir sie die Kleingeldprinzessin, weil sie nie Geld hat. Ist Witwe und ständig auf der Suche nach reichen Männern.

Die gibts aber nicht bei Ludwig.

Frauke thront, raucht Menthol Extra *Longsize* auf Damenspitze und sieht mir träge zu, wie ich die vierte Weißwurst küsse.

Der Tag entwickelt sich günstig.

Ludwig bringt Edelstoff und hockt bei uns.

Sepp Doll hat die erste Seite durch, studiert die zweite und grummelt.

Frauke treibt eine frische *Longsize* auf die Spitze und sieht mich liebevoll an. Sie weiß, ich hab keinen müden Cent in der Socke, doch das ist ihr wurscht.

Am Nebentisch kauert Rothändle. Eine unruhige Type mit dunklen Wangen. Hat irgendwas mit der Haut. Haare und Gesicht sind tomatig.

Einst hab ich ihm gesagt, er solle nicht so viel saufen, da wär er glatt auf mich losgegangen.

Hab ein Friedensbier mit ihm getrunken.

Da erklärt er mir, das ist die Schuppenflechte, die ihn umringt. Und seine Haut rötet. Hat mir seinen Bauch gezeigt und den Hintern.

Rot wie ein Affenarsch, das kann ich sagen.

Eigentlich wollte er mein Freund sein, aber Rothändle stinkt regelmäßig.

Nach Kotze.

Oder nach Grind.

Weiß es nicht.

Meist sitzt er am Nebentisch und nippt am Bier. Rothändle müsste zum Kopfklempner. Hat aber kein Geld für so was.

Rechts am Fenster hockt Karibik-Kurt und raucht in aller Seelenruhe eine dürre Virginia. Beißt in den Strohhalm. Pafft dicke Wolken. Spielt mit dem Handy.

Flüstert mit Doppel-Didi, der zweimal Stütze kassiert. Wie Didi das macht, weiß niemand, aber jeder bewundert ihn dafür.

Möchte wissen, was die beiden ausbaldowern.

Bevor ichs vergesse, ich muss Ludwig von den Viechern im Keller erzählen.

Ludwig, ich muss dir was zeigen.

Ich putze mir das Näschen und stehe auf. Ludwig drückt mich zurück auf den Stuhl. Zieht einen Wisch aus der Tasche, knallt ihn vor mich hin. Ich lese:

*Sehr geehrter Herr,*
*wir vertreten eine private Religionsstiftung. Wir nennen uns, wie Sie aus dem Briefkopf ersehen können, DIE ERWECKTEN und sind nach dem Handelsregister Nummer schlagmichtot als gemeinnütziger EV anerkannt. Wir ziehen in Betracht, die Häuser 28, 30, 32, 34, 36 und 38 in der Admiralstraße zu erwerben, um Platz zu schaffen für unsere deutsche Niederlassung. Durch eine Sonderausschüttung seitens unseres Mutterhauses sind wir in der glücklichen Lage, Ihnen, sehr geehrter Herr, einen Kaufpreis von 100.000 Euro für das in Ihrem Besitz befindliche Gebäude anzubieten. Es würde uns freuen, wenn Sie am 23. unseren Rechtsanwalt Herrn Doktor Schmelzle zu einer ersten Kontaktaufnahme begrüßen könnten. Er wird gegen 10.30 Uhr bei Ihnen eintreffen. Bitte bereiten Sie ihm einen freundlichen Empfang.*
*Mit hochachtungsvollem* Blablabla.

Wäre ich meinem ersten Impuls gefolgt, ich hätte den Dreck zerfetzt. Was glauben diese Strauchdiebe?

Wir sind doch keine Hilfsbremser für Sekten und Ideologien.

Wir sind doch, ach Scheiße, was sind wir nicht alles schon gewesen – und jetzt das!

Ludwig sagt leise, wir sind umzingelt.

Dann bauen wir eine Wagenburg, sage ich, das Haus kriegen die nicht.

Das ist nicht so einfach, sagt er.

Ludwig ist müde. Müde und verbraucht, grau im Gesicht. Ludwig ist nicht mehr jung. Selbst für einen Spätlese-Teenager zu alt.

Wir mauern die Eingangstür zu, bevor der Drecksack kommt, grummelt Sepp Doll.

## 14

Sie sprechen doch nicht etwa von mir, sagt Herr Schmelzle mit liebenswürdigem *Schmelzle* in der Stimme. Er steht komplett vor uns.

Herr Schmelzle ist ein aseptischer Herr, etwa einsfünfundsechzig groß; seine beherrschte Leibesfülle umhüllt ein hellbrauner Kaschmirmantel. Seine Treter sehen nach einer Mailänder Ledermanufaktur aus. Er trägt eine wuchtige Ochsenledermappe, die an seinem Handgelenk zerrt.

Doktor jur. Schmelzle würde sich gern setzen. Sepp Doll hat seine Zeitung weggelegt.

Das Hörgerät abgestellt.

Knillis Gebiss liegt dekorativ auf dem einzigen freien Stuhl.

Herr Schmelzle wendet sich an Sepp Doll. Der grinst frech und zieht die Luft durch den hohlen Eckzahn rechts oben.

Der Klang einer Luftschutzsirene. Oft imitiert, niemals erreicht.

Schmelzle fragt, ob er Ludwig Hinterhalter sei. Es ist das erste Mal, dass ich Ludwigs Nachnamen höre.

Sepp macht die Sirene.

Doktor jur. blickt indigniert auf Knillis Gebiss auf dem einzigen freien Stuhl.

Wendet sich Hilfe suchend an Frauke, die seine Rolex entdeckt hat und sofort losbaggert.

Herr Schmelzle nimmt all seinen Mut zusammen und sagt mit sanften Flötentönen, gnädiges Fräulein, vielleicht sind Sie so charmant und sagen mir, ob unser Herr Hinterhalter hier am Tisch sitzt.

Frauke sieht ihn an, als wollte sie ihn vernaschen. Noch nie im Leben hat sie jemand in einem einzigen Satz »charmant«, »Fräulein« und »gnädig« genannt.

Sie spitzt das Mündchen, legt die Kippe in den Ascher und hebt an zu piepsen.

In diesem dramatischen Moment kreuzen sich unsere Blicke.

Ihre Augen sagen, was für ein herrlicher, reicher intelligenter, kultivierter Mann! Dem muss ich unbedingt helfen! Vielleicht fliegt er mich auf ein Gläschen Pinot Grigio nach Rio.

Mein Blick sagt, wenn du diesem verdorrten Loseblattsammler auch nur einen einzigen Tipp gibst, stirbst du den grausamen Tod am Marterpfahl.

Verdammte Dekolleté-Mamsell!

Die Todesart kannst du dir *nicht* aussuchen.

Es wird *sehr* wehtun.

Es wird *lange* dauern.

Niemand *hört* deine Schreie.

Niemand *rettet* dich vor der Streckbank.

Auch nicht dieser Genflop von einem Rechtsverdreher.

Das gibt es in Giesing nicht, dass man Freunde, die Ludwig an seinem Busen nährt, verpfeift.

Dann tanzt hier der Klappspaten!

Frauke schweigt. Ihr Hüftgelenk schnarrt. Sie öffnet den Mund. Sagt leise, da. Ihre feuchte Zungenspitze zeigt auf Ludwig.

Sie hat es getan! Frauen! Die Wunde des Mannes!

Mir kommt es vor, als würde sich Knillis Gebiss in Herrn Schmelzle bohren.

Der Herr Jurist wischt Knillis Gebiss zur Seite. Setzt sich hin.

Der Stuhl unter ihm schmatzt. Es ist ein röhrendes Schmatzen, das sich immer dann einstellt, wenn das Lederpolster auf der Sitzfläche zu fliehen versucht.

Das ist mein Anwalt, Herr Valentin Gaukler, sagt Ludwig grimmig. Schmelzle will mir die Hand reichen, ich muss erst mal trinken.

Man müsste ihn den Skorpionen zum Fraß vorwerfen, denke ich. Was würde er tun, wenn sich eins der Viecher durch seinen Dickdarm schlängelt und dabei vor Freude springt?

Ich bestelle einen doppelten Bauerntrank und sage dreist, was wollen Sie denn von meinem Patienten?

Ich will ihm das Haus Admiralstraße 34 abkaufen, sagt Schmelzle flott.

Er packt Unterlagen auf den Tisch. Papier und Stifte und ein langes Holzlineal.

Das hat mir Fräulein Bruckner in der Schule über die Finger gezogen, wenn ich die Mädchen begrapschte. Als Vorspiel, sozusagen.

Das hier, im *Blauen Ochsen,* klingt nicht nach Vorspiel. Das klingt nach Endspiel.

Ihm gehört das Haus nicht mehr, sage ich.

Ludwig steht inzwischen hinter der Theke und kriegt alles mit. Sepp Doll hat seine Hörmaschine aktiviert und grummelt: Alle aufhängen.

Schmelzle lässt sich nicht beirren, kramt ein Dokument hervor.

Hier ist der aktuelle Grundbuchauszug. In Abteilung römisch drei ist Ludwig Hinterhalter als Besitzer eingetragen. Dieses beglaubigte Dokument trägt das Datum von gestern.

Das war gestern, sage ich sanft. Wir waren heute Morgen beim Notar. Erbengemeinschaft gebildet. So ist das, Herr Schmuzle.

Ich nehme einen Schluck Edelstoff und verdicke ihn mit Bauerntrank.

Ich bewege mich auf dünnem Eis, aber was solls? Schmelzle muss verunsichert werden.

Da ist noch die Hypothek mit 600.000 Euro, angeblich für einen neuen Dachstuhl und die Erneuerung der Fenster, wirft mir der Kerl ins Gesicht.

Seine Augen sind hart wie Diamanten.

Was wollen Sie denn meinem Patienten bieten, Herr Schmuzle?, frage ich, und er, mit dem Haifischlächeln, wir reden hier nicht von Patienten, sondern von Klienten, Herr Gaukler, oder ist das in diesem Teil der Stadt anders? Seien Sie froh, wenn dieser verkommene Stadtteil eine Neubelebung erfährt. Und noch eins: Spielen Sie nicht den Rechtsanwalt. Das nimmt Ihnen nicht einmal ein Erstsemester ab.

Ludwig stellt ihm eine kalte Tasse Kaffee hin.

Schmelzle trinkt, ohne das Gesicht zu verziehen.

Frauke möchte noch Weinschorle.

Die Bestellung wird ignoriert. Es kommen harte Zeiten auf das alte Mädchen zu.

Da haben Sie leider recht, Herr Schmelzle, sage ich, das hier ist eine vollkommen versiffte Gegend. Hier kriechen die Ratten aus allen Löchern. Sogar Skorpione gibts. Es wimmelt von Kleinkriminellen und vom Staat vergessenen Rentnern, die dem Hausbesitzer die Miete schulden. Das Dach leckt und muss erneuert werden. Von der Nordseite rede ich lieber nicht.

Herr Schmelzle schluckt misstrauisch.

Was ist denn mit der Nordseite?

Ich schnaufe verloren. Genehmige mir einen langen Schluck. Wiege das Glas nachdenklich in der Hand.

Ludwig sorgt für Nachschub. Er tut jetzt alles für mich. Er weiß, ich rede Schmelzle schwindlig.

Doch der Mann ist ein harter Brocken.

Ein tiefer Zug aus dem Glas. Dann gehts los.

Die Hauswand auf der Nordseite ist seit dem letzten Starkregen mit Feuchtigkeit getränkt wie ein Schwamm. Es ist nur eine Frage der Zeit, bis alles einstürzt. Nachdem es Herr Hinterhalter versäumt hat, eine diesbezügliche Versicherung abzuschließen, ist das Haus vom Verfall bedroht. Für eine solche Bruchbude wollen Sie 100.000 Eier hinblättern? Da wird sich dein beschissener Auftraggeber nicht wenig freuen, Kumpel!

Schmelzle schnäuzt.

Ludwig hat sich die dritte Eule angesteckt.

Sepp Doll grummelt »Alle aufhängen« und schaltet sein Hörgerät ab. Die neue Zeit ist nichts für ihn, das steht ihm ins Gesicht geschrieben.

Der Anwalt rüstet auf.

Was hat der Dachstuhl mit der feuchten Nordseite zu tun?

Langsam wird er weich. Ich sehe es an seinen Händen. Sie blättern in den Papieren. Der Kerl sucht ein Argument und findet es nicht. Mit leichter Klinge gebe ich ihm den Todesstoß.

Es kommt noch etwas hinzu.

Was denn?, kräht er. Den kalten Kaffee hat er vergessen.

Wir, bei uns, will sagen, unter uns in Giesing, verlottert und versifft, nennen die Nordseite insgeheim die Mordseite.

Der Rechtsverdreher wird ganz ruhig. Packt sein Zeug ein.

Schaut von einem zum andern.

Mordseite? Warum das?

Weil hier bald ein entsetzlicher Mord geschehen könnte.

Doktor jur. schenkt mir einen besonderen Blick. Dann zieht er ab, geschlagen wie Napoleon bei Waterloo.

Ich werfe ihm noch einen Brocken hinterher.

Der Mörder dieses schrecklichen Verbrechens würde niemals gefasst werden. Nicht hier. Nicht in Giesing.

Fraukes lüsterner Blick folgt Herrn Anwalt.

Dann schwenkt sie zu mir. Ihr Kopf wird dunkelrot und versinkt in der Bluse. Nur die qualmende Damenspitze lugt noch hervor. An ihrem Marterpfahl wird bereits geschnitzt.

Ludwig sagt schmallippig, das mit der Bruchbude hätte es nicht gebraucht.

Ich bin wie gedopt. Dieser üble Straßenfeger von einem Anwalt ist so was von fertig.

In einem derart gehobenen Zustand kann ich nicht im Keller mörteln oder Tische rücken oder die Beleuchtung reparieren. In einer solchen Feststimmung muss ich raus und die Welt retten.

## 15

Plötzlich stehen zwei uniformierte Bullen vor uns. Die Sonne verdunkelt sich, es wird düster in der Gaststube vom *Blauen Ochsen*.

Der Große trompetet los.

Befindet sich ein gewisser Josef Doll hier?

Ich remple Sepp Doll an, damit er sein Hörgerät anschmeißt. Mit erschrockenen Augen starrt er der Staatsgewalt entgegen.

Ich springe auf. Ludwig ist neben mir. Dann geht er zum Eingang, blockiert ihn breitbeinig.

Was wollt ihr von ihm?, sage ich grimmig und balle die Fäuste.

Friedrich Karl Alexander Imhof ist verschwunden, röhrt der kleine Bulle. Hat seine Mütze abgenommen. Die Glatze schmirgelt.

Glatzen dürften keine Bullen sein. Da läuft was schief in unserer Demokratur.

Ich sage: Klara Imhofs Sohn? Der mit der Prothese am Arm?

Die Glatze nickt sanft.

Was soll ich dabei?, jammert Doll. Er knirscht verzweifelt mit den Zähnen. Sein Hörgerät ist verrutscht.

Der Mann war fünfzig Jahre lang Maurer und während des Krieges zweimal verschüttet. So einer hat keinen Saft mehr im Leib.

Josef Doll wurde mehrmals in der Nähe vom *Dorfmeister* gesehen, wo auch der junge Imhof verkehrt, sagt der Große. Er scheint mir vernünftig zu sein.

Ich wende mich an ihn.

Verdammte Scheiße, Frika ist vierzehn, und der *Dorfmeister* ist ein mieser Stehausschank am Baldeplatz.

Die Glatze schneidet mir das Wort ab.

Wir nehmen Doll zum Verhör mit, Punkt.

Ich geselle mich zu Ludwig, der immer noch an der Tür wacht.

Seit wann ist Frika weg?

Seit einem und einem halben Tag, sagt der Bulle und rempelt mich zur Seite.

Draußen steht, noch halb auf der Straße, Leo Birnbaum. Ich schau ihm überrascht ins Angesicht.

Warum hast du nichts gesagt, Leo? Wir hätten den Buben sofort gesucht.

Der alte Lehrer schweigt eine Sekunde und murmelt, Frika ist schon öfter abgehauen, Valentin, das weißt du ganz genau.

Na und?

Blickseder hat heute Morgen bei der Polizei angerufen.

Euer Rektor?

Ja. Was sollte er denn machen, Valentin? Die Polizei sagt, jemand hat Frikas Turnbeutel hinter dem *Dorfmeister* gefunden.

Ich stehe blöd rum und sehe, wie sie Doll in den Streifenwagen falten.

Ich sehe es und sehe es nicht.

*Dorfmeister*? Turnbeutel? Was ist da los? Was ist das für ein beschissenes Spiel, mitten in unserem Viertel, direkt vor unseren Augen und dennoch hinter unserem Rücken?

Der Streifenwagen haut ab. Die Polizei hat Sepp Doll am Haken.

Ich brülle.

Welche! Drecksau! War! Das?

Keine Antwort.

Nirgends.

## 16

Am heutigen Samstag naht auf sanften Pfoten Harnottos erster Auftritt auf der Kleinkunstbühne unter Ludwigs Wirtshaus. Wir haben ihr den Namen *Blue Box* verpasst, damits cooler klingt.

Frika ist noch immer abgängig, dafür hat sich ein Kriminalkommissar eingefunden, der Näheres über die Hintergründe zum Verschwinden des Buben sagen könnte.

Reginald Prall, zaunpfahldürrer, knochentrockener Kriminaler hockt auf der Bühne. Ich rücke Stühle und Tische zurecht (sponsored by Löwenbräu), stelle Plastikvasen mit Plastiknelken auf (sponsored by Paulaner), verteile Bierdeckel (sponsored by Erdinger Weißbräu), damit alles für den Abend gerichtet ist.

Dazwischen Pralls Fragen.

Wie gut kennen Sie den Jungen?

Geht so.

Besonderheiten?

Das hat Ihnen doch Frau Imhof erzählt.

Ich will es aber von Ihnen wissen, Herr Gaukler.

Ich richte die blauweiß-karierten Tischdecken.

Prothese. Kindertrompete. Mäßiger Schüler.

Das ist interessant. Mäßiger Schüler. Stimmt es zu Hause nicht? Oder in der Schule? Wird er missbraucht? Wer ist der Vater? Wo verkehrt der Junge? Nimmt er Drogen?

Leck mich am Arsch!

Ich knalle fünf Stühle unter einen Tisch. Prall verstummt für eine halbe Sekunde, quatscht dann weiter.

Lasse ihn reden, kümmere mich um mein Zeug, geh raus, eine rauchen, er merkt nix.

Schöne arme Polizei. Bin froh, dass ich bei denen rausgeflogen bin. Andererseits ist die Pension nicht zu verachten.

Ich komme zurück, da hockt er noch immer da und redet. Nein, er steht und singt.

Reginald Prall, Kommissar bei der Münchner Kripo, singt Johnny Cash.

*Folsom Prison Blues.*

Ich werd verrückt. Normalerweise singen die Verbrecher. Hier singt der Bulle. Nicht mal schlecht. Fehlen nur noch June Carter und eine Westerngitarre.

Die Welt ist ein Irrenhaus, und hier ist die Zentrale.

Mein Applaus verhallt ungehört.

Prall steigt von der Bühne, reicht mir seine Visitenkarte und setzt sich befriedigt auf den letzten Stuhl hinten beim Eingang.

Fünfzehn Minuten Berühmtheit.

Ich gönne ihm den Orgasmus von ganzem Herzen.

Ludwig hat ein spezielles Menü kreiert.

Suppe von Zucchini, gespickt mit geachtelten Cocktailtomaten in Curry und Ingwer. Statt der üblichen *Tortellini alla panna* kredenzt der Herr des Hauses *Portellini Alabama* in bittersüßem Sud aus pürierten mexikanischen Paprika, bestreut mit Zimtzucker. Als Nachspeise gibt es Bayerisch Creme und Bauerntrank.

Um 18.53 Uhr erscheint der Künstler.

Harnotto trägt einen schwarzen Kaftan am Leib und einen blauen Turban auf dem Schädel. Seine Füße sind nackt, die Zehennägel violett lackiert.

Auf der Brust prangt ein silbernes Gottesauge, umrahmt von drei Goldsternen. Das Emblem einer Freimaurerloge.

Harnotto steigt nicht einfach auf die Bühne.

Er ignoriert das Treppchen und hüpft hinauf, nach oben; hinein in die Aura, wie er es nennt.

Ohne Gebrauch der Arme.

Mir scheint, als tauche er ein in den Kosmos, in die Ursuppe, in den Schlamm des Lebens.

Ich als ein anderer.

Er legt das schwarze Heft auf den Notenständer, schlägt es auf, liest, fährt sich verwegen über die Stirn, schließt das schwarze Heft. Schiebt den Notenständer zur Seite.

Er senkt sich auf einen fernen Stuhl und kehrt ein in sich.

Noch dreizehn Minuten bis zum Auftritt.

Ludwig begrüßt jeden Gast mit stolzem Kopfnicken. Er hat Anzeigen geschaltet und Plakate verteilt. Hat alles getan, damit dieser historische Abend zum Erfolg wird.

Frauke, unsere Kleingeldprinzessin, erscheint, Klara Imhof kommt, Sepp Doll ist wieder da.

Doppel-Didi, Rothändle und ein paar seiner Kumpels geben sich die Ehre.

Nun betritt auch Harry Hoyla das Gelass. An seinem Arm hängt Edda, die Augenweide. Verstohlen zeigt sie mir den silbernen Ring am Finger – Harrys Geschenk zur Verlobung.

Noch sind wir nicht geschieden. Trotzdem freu ich mich für die beiden.

Zuletzt drängen sich drei Kerle herein, die mir unbekannt sind.

Lederjacken, Boots und ungewaschenes Haar. Die Idiotendichte nimmt zu.

Bevor ich nachdenken kann, erstrahlen die Scheinwerfer. Beifall rauscht.

Harnotto beginnt mit gewölbter Stimme seinen Vortrag.

Ihr wisst, auf unsern deutschen Bühnen
Probiert ein jeder, was er mag;
Drum schonet mir an diesem Tag
Prospekte nicht und nicht Maschinen.
Gebraucht das groß' und kleine Himmelslicht,
*Er reckt die Arme gen Himmel*
Die Sterne dürfet ihr verschwenden.
An Wasser, Feuer, Felsenwänden,
*Er breitet die Arme aus*
So schreitet in dem engen Bretterhaus
Den ganzen Kreis der Schöpfung aus,
und wandelt mit bedächt'ger Schnelle
Vom Himmel durch die Welt zur Hölle.

An Tier und Vögeln fehlt es nicht.
*Die Arme sinken herab; tiefste Verbeugung*
Danke, danke! Danke! Ich liebe euch!
*Knicks, ab nach links*
*Er kehrt zurück, abermalige, tiefste Verbeugung*

Hat der was vom Vögeln gesagt?, platzt Doppel-Didi in die Stille.

Aufbrausender Applaus verhindert die Antwort. Die Menge mag sich kaum beruhigen.

Harnotto hebt abermals an.

So weit also, hochverehrtes Publikum, die Vorrede des Direktors in Goethes *Faust*.

»Faust« ist ein Stichwort.

Es kracht.

Ein Mal.

Zwei Mal.

Drittens.

Die Lederjacken werfen Plastikvasen nach Harnotto, der sich nicht schnell genug duckt und eine Vase in die Kronjuwelen kriegt.

Der Teufel ist in der Stadt.

Der Anführer der Bande, ein pimmelköpfiger Kerl, rennt auf die Bühne, packt den Notenständer und schmeißt ihn Frauke in den Schoß.

Doppel-Didi verschwindet unterm Tisch.

Rothändle robbt fort.

Vorbei an Prall, der erschrocken schaut.

Klara hat sich in meine Arme geflüchtet.

Ludwig tritt den Vandalen entgegen, wird aber ebenso umgerissen wie Harnotto, dessen Kaftan mit einem hässlichen Geräusch von oben bis unten reißt.

Harry Hoyla nickt mir zu. Ich setze Klara auf einen Stuhl.

Stürze mich ins Gewühl. Drei gegen drei.

Harry, Edda und ich. Edda, die beißt und zerrt und tritt und stößt. Einer der Burschen kriegt ihr Knie ins Gemächt und bricht jaulend zusammen.

Harry ist mit dem zweiten Knaben beschäftigt. Er hat eine fette Wampe, schwerfällig wie ein Ozeandampfer. Harry ohrfeigt ihn durch den halben Saal, begleitet von Anfeuerungsrufen von Sepp Doll und Doppel-Didi.

Ich schnappe mir den Pimmelkopf. Er merkts und zückt ein Schmetterlingsmesser, lang wie eine Machete. Ich nehme ein Stuhlbein von Löwenbräu.

Wir fechten.

Machete gegen Löwenbräu. Löwenbräu kriegt die Oberhand, Machete geht zu Boden, gefällt von einem krassen Nierentreffer.

Pimmelkopf kniet vor mir. Nirgends Mitleid.

Gib auf.

Nein.

Er will hoch, ich lasse ihn. Breche seinen Machetenarm. Er verliert das Messer, hockt im Staub und wartet.

Ich wische mir den Schweiß von den Augen.

Wer seid ihr?

Er will davon. Ich lass ihn nicht.

Er kriegt noch einen Schlag, sein Nasenbein kracht. Endlich macht er das Maul auf, jault ein Wort.

Schmelzle.

Dann kriecht er fort, gefolgt von seinen Leuten, die aussehen, als hätten sie gerade mal den dritten Weltkrieg verloren.

Wir räumen auf. Stellen Tische und Stühle zusammen, sammeln die Plastikvasen ein. Ludwig stiftet Freibier.

Das Menü entfällt, die Teller sind hinüber.

Bald strahlen wieder die Scheinwerfer.

*The show must go on.*

*Die Ballade vom großen Makabren.* Otto gibt den Adrian.

Die Kleingeldprinzessin die Jusemina.

Es wird ein grandioser Erfolg.

Man feiert Harnotto mit ständigen Ovationen. Auf den Schultern schleppen sie ihn aus dem Saal. Er trägt das ultimative Siegerlächeln auf den Lippen.

Der Zwischenfall ist vergessen.

Ich aber bin ein Elefant.

## 17

Klara Imhof sitzt bei mir. Sie trägt ein schwarzes Kleid. Hat sie selber geschneidert. Flache Schuhe und ein schwarzer Schal geben ihr das Aussehen einer Nonne. Selbst als Ordensfrau ist sie begehrenswert. Klara schnäuzt in ein schwarzes Seidentaschentuch.

Heute ist der vierte Tag, Valentin.

Ich lege den Stift zur Seite.

Ich weiß. Die Polizei tut, was sie kann.

Was tut sie denn? Der Prall macht mir keinen begeisterten Eindruck. Er sieht aus, als würde er über alles Mögliche nachdenken, nur nicht darüber, wie ich meinen Buben zurückkriege. Nicht mal eine besondere Kommission gibt es.

Ich schweige. Kann keine Erklärung anbieten. Mir bleibt nur, Trost zu spenden.

Über den Tisch hinweg ergreife ich ihre Hand.

Was kann ich tun?

Sie öffnet ihre Geldbörse.

Hier hast du 200 Euro, Valentin. Such Frika für mich. Finde Frika für mich.

Empört schiebe ich die Scheine zurück.

Willst du mich beleidigen? Ich nehme kein Geld von dir für eine Selbstverständlichkeit.

Jetzt weint sie.

Das ist ein Auftrag, verstehst du das nicht? Ich beauftrage den Privatdetektiv Valentin Gaukler mit der Suche nach meinem Sohn Friedrich Karl Alexander. Dazu gehört, dass man die Arbeit bezahlt. Also nimm das Geld, sonst hab ich ein schlechtes Gewissen.

Ich werde dein Geld nicht nehmen. Vorher hack ich mir die Hand ab, Klara. Stattdessen besuche ich den *Dorfmeister* am Baldeplatz. Vielleicht finde ich dort Hinweise auf Frikas Verbleib.

Klara sieht mich lange an. Dann erhebt sie sich müde, umrundet den Tisch und nimmt mein Gesicht in ihre schönen Hände. Sie küsst mich sanft auf den Mund.

An der Tür dreht sie sich noch einmal um.

Der Nudel hat eine Ladung Bücher gekauft.

Woher hat er die Kohle?

Keine Ahnung.

Traurig geht sie fort.

Ich trete ans Fenster. Langsam setzt die Dämmerung ein. Die ersten Straßenlaternen leuchten auf. Es ist die Zeit zwischen Abend und Nacht; die Zeit, in der man eine Kneipe namens *Dorfmeister* besucht.

Auf dem Weg denke ich über Helmut Sikora nach. Hat eine Ladung Bücher gekauft. Wahrscheinlich sauteure Bildbände über Nudeln. Der Kerl hat nie Geld. Wie passt das zusammen?

Woher stammt der Zaster? Was treibt der Nudel hinter Klaras Rücken?

An der Tür hängt das Schild RAUCHERCLUB. In der Kneipe ist kaum ein Platz zu finden. Die Bude schwimmt im Tabaksdunst.

Ich zwänge mich auf einen Barhocker am Tresen und bestelle heiße Schokolade mit Milch. Der Wirt scheppert mir die Tasse unter die Nase. Schenkt mir einen gedankenleeren Blick. Er sieht aus wie ein Walross auf Landgang.

Ich nippe.

Niemand beachtet mich.

Ich lausche.

Nichts passiert.

Noch eine Schokolade.

Noch eine.

Es geht auf Mitternacht zu, als Rothändle in die Kneipe stolpert. Er steuert eine Tür im Hintergrund an, darauf steht PRIVAT.

Er verschwindet wie das Gespenst von Canterville.

Ich muss pinkeln und verwechsle die Tür. Stehe an einer Treppe, die nach unten führt. Wieder eine Tür. Diesmal gepolstert. Ich versuche zu öffnen, sie widersetzt sich. Ich entdecke einen Klingelknopf und drücke ihn. Ein Fensterchen klappt auf.

Kennwort?

Mickifant, sage ich und bekomme eine gescheuert, dass die Lampe wackelt.

Über mir steht das Walross.

Sein Blick ist nicht mehr gedankenleer, sondern sprüht Blitz und Donner.

Er packt mich am Kragen und schleift mich die Stufen hinauf. Schleift mich durch die Kneipe. Schleift mich auf die Straße. Haut mir in die Fresse und lässt mich liegen wie ein Stück Dreck.

Er wartet auf dem Randstein. Als ich mit Schokolade kotzen fertig bin, kommen die Fragen.

Was willst du hier?

Mitspielen, quillt es undeutlich aus meinem Rachen.

Der *Dorfmeister* ist kein Spielplatz.

Auch nicht für Buben wie Frika?

Er strafft sich. Seine Augen sind hellwach.

Frika? Nie gehört.

Ich setze mich auf, wische mir den Rotz vom Gesicht.

Friedrich Karl Alexander Imhof. Sohn von Klara Imhof. Vierzehn Jahre alt. Spielt Trompete. Trägt eine Armprothese. Seit vier Tagen abgängig.

Walross grinst.

*Apocalypse now*.

Was geht mich das Kind an?

Endlich bin ich in der Lage, aufzustehen.

Tja, was geht dich das Kind an. Gute Frage. Jedenfalls hat man seinen Turnbeutel hinter deinem stinkenden Klopsklo gefunden.

Zu viel gesoffen und gekotzt, murrt er und will weg.

Man sieht sich, sage ich so laut ich kann.

Er kommt zurück. Baut sich drohend vor mir auf.

Hast wohl immer noch nicht genug, du Scheißer? Dann hör mir gut zu. Der *Dorfmeister* ist eine anständige Kneipe. Mit Kinderfickereien hab ich nix zu tun. Wenn du nicht aufhörst, hier rumzuschnüffeln, wirst du es bitter bereuen.

Ist das eine Drohung, Herr Wirt?

Nein. Ein Versprechen.

Damit stelzt er zurück in sein Etablissement, soweit ein Walross stelzen kann.

Klara wartet vor meinem Zimmer. Als sie mich sieht, fährt sie zusammen.

Drinnen zwingt sie mich auf einen Stuhl und putzt mein Gesicht.

Ich erzähle meine Geschichte.

Kippe Bauerntrank.

Plötzlich bricht es aus ihr raus.

Ich entziehe dir meinen Auftrag, Valentin. Sofort. Du wirst da nicht mehr hingehen. Du wirst nicht mehr nach Frika suchen. Du wirst nix mehr machen in dieser Angelegenheit.

Wer dann?

Die Polizei. Kommissar Prall soll sich eine blutige Nase holen. Dafür ist er da.

Willst du das wirklich, Klara?

Ich weiß es doch auch nicht, sagt sie und sinkt weinend in meine Arme.

Wir liegen im Bett. Sie pflegt mich überall.

Ich versuche, die Tragweite des Falles zu beleuchten.

Dein Bub wird seit vier Tagen vermisst. Das ist keine Bagatelle. Wir wissen nicht, wo er ist, was ihm zugestoßen ist. Wir wissen es nicht und die Polizei weiß es auch nicht. Das ist die Lage heute Abend. Trotzdem hat mein Besuch im *Dorfmeister* neue Erkenntnisse gebracht.

Klara liegt dicht bei mir. Ihre Nasenwärmer kitzeln mich, fühlen sich wunderbar an.

Was schlägst du vor, Vali?

Ich schlage vor, wir arbeiten parallel. Die Polizei auf ihre Weise und wir auf unsere Weise. Ewig kann das nicht dauern.

Nein. Das darf es nicht, sagt sie und legt sich auf mich wie ein molliges Zudeck.

Ludwig prügelt die Tür hinter sich zu und reißt mich aus dem wohlverdienten Schlaf. Kurz nur beäugt er meine Schrammen, dann blökt er los.

Hast du gestern die Tür vom Kühlraum zugemacht?

Ja, Meister.

Warum steht sie dann sperrangelweit offen?

Mühsam klettere ich aus dem Bett. Klara hat sich längst verzogen.

Das kann nicht sein, sage ich und steige in meine Klamotten. Ludwig zerrt mich am Arm davon.

Wir stehen vor dem Kühlraum. Die Tür ist geschlossen.

Siehst du, sage ich, die Tür ist zu.

Ludwig reißt sie auf. Erbärmlicher Gestank schlägt mir entgegen. Ich sehe ihn fragend an.

So riechen verdorbene Würste, Herr Gaukler. Und nur, weil du gestern die Tür nicht zugemacht hast.

Ich schüttle energisch den Kopf.

Ich hab die Tür geschlossen und verriegelt.

Von selber geht sie aber nicht auf.

Schweigend trotten wir zurück ins Gastzimmer. Hocken uns hin. Trinken Kaffee aus großen Bechern. Essen Butterbrezen.

Rauchen und denken.

Die Stille wird von Frauke durchbrochen. Sie setzt sich morgenfrisch zu uns.

Hab was gehört, sagt sie.

Was hast du gehört? fragt Ludwig.

Als die *Longsize* auf der Damenspitze brennt, berichtet sie.

Ihr wisst ja, mein Schlafzimmerfenster liegt direkt über den Klofenstern. Heute Nacht ist jemand durch eins davon rein. Habs genau gehört. Bin runter und hab gelauscht.

Ludwig raucht die dritte Weiße Eule. Seine Hand zittert.

Was, verdammt noch mal, hast du gehört?

Jemand war am Kühlraum. Es hat geklackert, als würde ein Riegel geöffnet. Wenig später ist der Kerl wieder raus.

Ist das alles?, fragt Ludwig leise.

Das ist alles, sagt Frauke.

Hast du jemand erkannt?, frage ich.

Frauke schüttelt den Kopf.

Zu dunkel. Aber er musste unbedingt noch eine rauchen, bevor er los ist.

Frauke zapft zwei Edelstoff und stellt sie vor uns auf den Tisch. Für sie ist ein Likörchen mitgelaufen.

Wir genießen.

Derjenige, der das mit dem Kühlraum gemacht hat, kommt vielleicht wieder, sage ich.

Willst du dich nachts auf die Lauer legen?, fragt Ludwig.

Worauf du einen lassen kannst, sage ich und erhebe mein Glas zum Friedenstrunk. Frauke hats wieder einmal geschafft, dem Marterpfahl zu entgehen.

Ludwig wackelt mit dem Kopf. Er ist nicht überzeugt. Das ärgert mich.

Und außerdem, mein Freund und Kupferstecher, wenn du endlich ein Gitter vor deine verdammten Klofenster machen würdest, hätten wir das Problem nicht.

Vor dem Klofenster der Männer ist doch eins, sagt er lahm.

Aber nicht bei den Mädels!

Ludwig windet sich. Ich sehe, er hat ein schlechtes Gewissen. Es lässt ihn nicht los. Auch die Wut über die verdorbenen Würste nagt an ihm.

Und meine kaputten Wurstwaren?

Ich gönne mir ein Edelstöffchen.

Dafür hab ich einen wunderbaren Abnehmer, sage ich und leere die Flasche auf Ex.

## 18

Im Hof hinter Ludwigs Wirtschaft untersuche ich den Boden. Zwei Kippen. Ein Streichholz. Der Kerl hat sich eine an der anderen angesteckt. Kein Profi, so aufgeregt wie der war.

Die Kippen und das abgebrannte Streichholz wandern in eine kleine Plastiktüte.

Ludwig hockt noch immer bei Frauke. Ist blass um die Nase. Ich muss ihn schleunigst auf andere Gedanken bringen.

Wo ist das zerdepperte Zeug vom letzten Samstag?

Er schaut mich verständnislos an. Ich wiederhole mich ungern, aber jetzt muss es sein. Ludwig hat einen Knacks in der Birne.

Ich frage dich, wo das Zeug ist, das bei Harnottos Auftritt am vergangenen Samstag zu Bruch ging?

Steht alles noch unten.

Hat keiner aufgeräumt?

Langsam schüttelt Ludwig den Kopf. Sein Anblick stimmt mich traurig und wütend zugleich.

Also steige ich die Treppen runter und betrete unser Kleinkunsttheater. Die Tische sind unverändert, darauf Gläser und Tassen, teils zerbrochen, teils noch heil. Ich klettere auf die Bretter, die die Welt bedeuten, und verschaffe mir einen Überblick.

Am Eingang saß Kommissar Prall. In der Mitte Harry mit seiner Meute. An der Bühne hatten Frauke und ich unseren Platz. Dazwischen die drei Hooligans.

Ich gehe zu dem entsprechenden Tisch und kippe einen Aschenbecher samt Inhalt in eine Plastiktüte.

Die zweite Plastiktüte landet neben der ersten bei Prall im Präsidium.

Es hat ein Weilchen gedauert, bis ich ihn aufgetrieben habe. Nun sitzt er hinter seinem Schreibtisch und hört mir mit wachsender Aufmerksamkeit zu.

Hier haben wir die Kippen vom Boden hinter der Damentoilette. In der anderen Plastiktüte sind der Aschenbecher und Zigarettenreste vom Abend des Überfalls.

Prall nimmt diese Tüte zur Hand und betrachtet sie eingehend.

Sie glauben ..., beginnt er.

Ich unterbreche ihn sofort.

Das glaube ich nicht nur, sondern ich bin mir ganz sicher, dass der Kerl, der heute Nacht am Kühlraum war, einer der drei ist, die bei Harnottos Premiere randaliert haben. Sobald die Bestätigung da ist, können wir weitere Schritte einleiten.

Prall betrachtet indes die andere Plastiktüte.

Was meinen Sie mit weiteren Schritten?

Dann haben wir Schmelzle am Kragen, das meine ich, verehrter Herr Gendarm.

Er grinst säuerlich.

Das ist nicht meine Aufgabe.

Was ist denn Ihre Aufgabe?

Meine Aufgabe ist es, den vermissten Friedrich Karl Alexander Imhof zu finden und nicht, den Überfall auf eine Kleinkunstbühne aufzuklären.

Meine Geduld zerrinnt wie ein Schneemann im August.

Wenn beides zusammenhängt, was dann? Wenn Schmelzle den Buben entführen ließ, um über Frau Imhof ein Druckmittel gegen Ludwig Hinterhalter und seine Wirtschaft in der Hand zu haben?

Das ist mir zu konstruiert, knurrt er.

Mag sein, knurre ich zurück. Aber es kostet Sie lediglich einen Anruf, um Ihr Labor mit der Analyse der Zigarettenreste zu beauftragen. Dann hätten wir wenigstens in dieser Sache Gewissheit.

Reginald Prall trägt schwer an seiner Verantwortung als Staatsdiener und Gesetzeshüter. Schließlich ringt er sich zu einer Entscheidung durch und greift zum Hörer.

Wenig später holt ein Weißkittel die Tüten ab.

Ich bedanke mich und verlasse das Präsidium, um den Keller zu putzen.

Als ich nach getaner Arbeit am späten Abend ausgehungert an den Stammtisch zurückkehre, übergibt mir Ludwig wortlos ein schmales Kuvert.

Kein Absender. Inhalt nur ein Blatt Papier. Darauf das Foto eines Mannes, der mir bekannt vorkommt. Die Machete, die ich an jenem Abend umgehauen hatte.

Bürgerlicher Name: Waldemar Abegg.

Alter: 34.

Beruf: stellungsloser Dachdecker.

Adresse: Agilolfingerstraße 411 im Hinterhaus, 7. Stock, bei Heiss.

Sonstiges: mehrfach vorbestraft.

Ludwig stellt mir ein Riesenschnitzel mit Pommfritz unter die Nase.

Ich schüttle den Kopf.

Drei Bier sind auch ein Schnitzel.

Dann bin ich draußen. Zur Agilolfingerstraße sind es keine zwei Minuten. Ich stehe im Hinterhof und schaue hinauf in den 7. Stock.

Oben brennt Licht.

Ich rumple die Treppen hoch und hämmere bei Heiss gegen die Tür. Ein grauhaariger Mann im Schlafanzug öffnet. Ich schiebe ihn zur Seite und betrete ein Zimmer im Hintergrund.

Waldemar beackert eine falsche Blondine. An der Wand die Reichskriegsflagge. Springerstiefel unter dem Bett. Auf dem Nachtkasten ein Baseballschläger.

In der Glotze Doofmann Bohlen. Ich zieh den Stecker.

Das Liebesspiel endet abrupt. Blondie saust an mir vorbei und hinterlässt eine Spur Nuttendiesel.

Der Hobbyhitler liegt wie ein Maikäfer auf dem Rücken. Stiert mich blöde an.

Ich lasse ihm keine Zeit.

Zerre ihn raus aus den Federn.

Öffne das Fenster.

Hänge seinen Kopf in die Nacht.

Die Inquisition beginnt.

Für wen arbeitest du?

Weiß nicht.

Schmelzle?

Kenn ich nicht.

Dein Verstand ist auch nicht gerade das schärfste Messer im Besteckkasten, mein Junge.

Fick dich.

Ich ziehe seinen Fuß hoch. Speichle meine Zunge ein. Streichle damit die nackte Sohle. Käsig. Stinksocken.

Waldemar zuckt, Waldemar zittert.

Waldemar gluckst, Waldemar glickert.

Brüllt vor Lachen.

Unten gehen Leute vorbei, winken herauf.

Tolle Stimmung bei euch da oben!

Nehme die Zunge von der Sohle.

Keine Antwort.

Der andere Fuß.

Just in diesem Augenblick legt er los und hört nicht mehr auf.

Wäre Waldemar Abegg ein Erdbeben auf See, gäbe es jetzt einen zünftigen Tsunami.

Abeggs entfernter Bekannter, dessen Name Abegg leider entfallen ist, habe Abegg kontaktiert, um eine spezielle Aufgabe durchzuführen. Abegg würde dafür 500 Euro bekommen, wenn er die Bude unter dem *Blauen Ochsen* zusammen mit zwei anderen Männern zerlegen würde.

Später sei ihm angeschafft worden, er solle in die Wirtschaft einsteigen und die Tür vom Kühlraum aufmachen.

Das wars.

Den Namen des Auftraggebers habe Abegg nicht erfahren, und den Namen des Bekannten, der ihn engagiert habe, hat er verdrängt.

Stille.

Die Namen der anderen Kerle?, frage ich.

Keine Ahnung, sagt unser Held vom Erdbeerfeld.

Wie viel hat Schmelzle für die Kühlraumtür bezahlt?

Nur 200, der Drecksack!

Nicht zu fassen.

Genau. Der Mann gehört vergast!

Da weiß ich was Besseres, sage ich und lasse los. Waldemar Abegg platscht auf den Asphalt wie eine überreife Melone. Friede seiner braunen Asche.

## 19

Rechtsanwalt Doktor jur. Schmelzle hat seine Kanzlei in der Tegernseer Landstraße, Nähe Telapost.

Jetzt, am späten Abend, brennt nur noch eine Leuchte. Die Leuchte von Herrn Rechtsanwalt.

Frauke klingelt.

Schmelzle meldet sich.

Vergewaltigung!, keucht Frauke.

Vergewaltigung?, echot Schmelzle.

Hier spricht das Opfer.

Sekunden später wird die Haustür aufgerissen. Herr Schmelzle steht in Unterhemd, Cordhose und Tennissocken vor uns.

Bevor er die Situation begreift, zerre ich ihn zurück ins Haus und schließe die Tür. Wir befinden uns im Flur seiner Kanzlei.

Designermöbel, Raumspray Zitrus, Flauschteppich.

Tagsüber laufen hier Mädchen mit glatten Gesichtern und Miniröcken rum, schreiben Memos und servieren Espresso.

Wir sind die Glorreichen Drei.

Ludwig, im Handkarren die kaputte Wurst.

Frauke, die Allzweckwaffe.

Und ich.

Wir eskortieren den Kanzleiboss zum Schreibtisch.

*I see the devil walking next to me,* tönt Frauke düster.

Schmelzle ignoriert sie, mustert die Würste auf dem Bollerwagen.

Eine Spende, sagt Ludwig.

Frauke zeugt Rauchringe.

Ich hocke mich auf den Besucherstuhl. Werfe einen Blick auf die Anrichte. Zwischen Folianten und Staubfängern ein exquisit gerahmtes Foto. Das Porträt eines noblen Herrn. Graues Haar, roter Vollbart.

Wer ist denn das?, frage ich freundlich.

Herr Schmelzle befeuchtet die Lippen.

Das ist Herr Kurt Wollkenstein, verdienstvoller Gründer der Religionsgemeinschaft DIE ERWECKTEN sowie der Honorarkonsul von Belau.

Kann man Belau essen?

Belau ist eine Karibikinsel mit Herrn Wollkensteins Residenz.

Ich nehme das Foto aus dem Rahmen und stecke es ein.

He, sagt er.

Was?, sage ich.

Nichts, sagt er.

Wir sitzen uns gegenüber, die Stimmung ist angespannt.

Bestellen Sie Kurt Grüße, Herr Schmuzle. Sollte wieder etwas passieren, kriegen Herr Konsul Besuch. Allerdings nicht mit alten Würsten, sondern mit neuen Dynamitstangen.

Das können Sie nicht machen, japst Schmelzle.

Da grins ich doch mein böses Grinsen.

Dein Hosenjodler von einem Konsul kann mir mal den Schritt schamponieren.

Mach den Kopf zu, es zieht, ergänzt Frauke.

Haben wir uns verstanden, Anwalt?

Dummes Nicken.

Ich glaub, einer wie der lügt sogar beim Beten, sagt Frauke im Hinausgehen.

Ludwig hat die verdorbene Ware auf den Teppich im Sekretariat gekippt, wo sie einen stinkenden Haufen bildet. Den Tippsen fallen die Augen raus, wenn sie das amorphe Kunstwerk morgen sehen.

Von der Heilig-Kreuz-Kirche schlägt es ein Mal.

## 20

Harnotto beprobt den Falstaff. Nein, er probt ihn nicht, er beprobt ihn.

Das ist was anderes als nur proben. Nur proben ist kratzen an der Oberfläche. Beproben dagegen ist sich hineinwinden in die Rolle, sich aufgeben zugunsten des Menschen, den man darzustellen hat. Sich verlieren im Wesen der Figur.

Das ist beproben.

Harnottos stein'ger Weg.

Falstaff. Fettsack, Säufer, Vielfraß, Hurenbock. Der großartigste Charakter, den der alte Will geschaffen hat.

Karnevalesk, hinterfotzig, geil. Der Kerl ist unsagbar fett – ein Problem für den zierlichen Harnotto.

Doch gerade deswegen will er sich die Figur erarbeiten. Weil sie das Gegenteil von dem darstellt, was Harnotto ist. Falstaff, so sagt es Harnotto, ist eine Figur, dessen Aufgabe darin besteht, einen Schauspieler zu spielen.

Falstaffs pralle Obszönität entspringt der Welt der Männerumkleidekabinen, in denen es nach Schweiß und dreckigen Witzen riecht. Falstaff steht für den Inbegriff dessen, was Frauen an Männern befremdet. Er gehört zu jenem Teil der Welt, zu dem Frauen nicht wirklich Zutritt haben wollen.

Frauen kannste nicht lernen, sagt Falstaff.

Warum gucken Frauen Männern immer auf den Arsch? Weil dort das Portemonnaie steckt.

Sagt Harnotto-Falstaff.

Klemmt sich ein Plumeau vor den Bauch, wirft einen mottenzerfressenen Wintermantel über, stülpt die Fliegerhaube von WK I auf die Birne und gesellt sich zu Heinrich Vier.

Ich hocke da und denke.

Wo kann ich Friedrich Karl Alexander Imhof finden? Mit Handzetteln an Bäumen, als würde man einen entlaufenen Stubentiger suchen?

Radio? Fernsehen? Zeitungen?

Internet?

Facebook? Twitter?

Kommissar Prall arbeitet suboptimal.

Die Kumpels vom Stammtisch neutralisieren sich gegenseitig.

Ludwig ist bedient mit Schmuzle.

Es ist der fünfte Tag.

Klara Imhof wird verrückt. Sie hat den Nail-Service-Laden zugemacht, kann nicht mehr arbeiten, rennt den ganzen Tag in der Wohnung herum.

Zum Glück ist der Nudel unterwegs. Kein Mensch weiß, wo er steckt.

Was kümmert mich der Nudel? Es geht um Frika, Klara Imhofs Goldschatz.

Ich treibe in den Klauen des Zoffs.

Im Auge des Untergangs.

Hilflos wie ein Säugling.

*Grube und Pendel.* Stammt nicht vom alten Will, sondern von Edgar, dem verrückten Scheusal. Bin wie er zugleich Erzähler und Hauptcharakter. Schmachte im Gefängnis und würde gern fliegen.

Noch aber hocke ich im Keller.

Scharrende Geräusche stören wirre Gedanken.

Nebenan zieht jemand Kisten über den Boden. Ich vernehme Doppel-Didis Stimme. Er spricht mit Rothändle. Leise gehe ich hinüber, erhasche einen Blick in den Nachbarkeller.

Harnotto ist vergessen.

Doppel-Didi und Rothändle stehen vor einem Terrarium. Im Dämmerlicht erkenne ich Skorpione. Doppel-Didi streift ein Paar Handschuhe über und greift hinein. Rothändle tritt zwei Schritte zurück.

Eine Kamelspinne, sagt Doppel-Didi und hebt das achtbeinige Vieh in die Höhe. Groß wie Ludwigs Handteller.

Bringt auf dem Schwarzmarkt einen Tausender, ergänzt er und steckt das Tier wieder ins Terrarium. Die Skorpione haben sich derweil unter Steinen und Ästen verkrochen. Vor Angst. Denn Kamelspinnen fressen auch Skorpione. Das weiß jeder.

Übernimmst du die Fuhre?, fragt Doppel-Didi.

300, sagt Rothändle.

100, sagt Doppel-Didi.

Machs selber, sagt Rothändle und will fort.

Doppel-Didi hält ihn auf.

Die Zeit hab ich nicht. Akquise. Außerdem pfuscht mir der Nudel ins Geschäft.

Rothändle stockt.

Also? Wie viel?

200.

Gut.

Für drei Fuhren, sagt Doppel-Didi.

Arschloch, sagt Rothändle und schwirrt ab.

Doppel-Didi verrammelt den Keller.

Ich bin wieder bei Falstaff.

Ich bin behext, dass ich in Gesellschaft mit dem Diebe rauben muss: Der Schurke hat mein Pferd weggeschafft und festgebunden, ich weiß nicht wo. Wenn ich nur vier gemessne Fuß weiter zu Fuße gehe, so muss ich platzen!

Harnotto versucht zu platzen, aber, gottlob, es misslingt.

Er verliert lediglich das Plumeau und damit die Lust am Spiel.

Wir hocken vor der Bühne. Auf dem Tisch Mineralwasser, Edelstoff, Bauerntrank.

Harnotto ist wieder Harnotto. Mit einem Handtuch wischt er den Schweiß von der Stirn. Wie ein Boxer nach zehn Trainingsrunden.

Wie war ich?

Großartig, lüge ich. Er merkt es.

Danke, Valentin, danke. Das ist erst der Anfang. Ich will Falstaff in allen Fasern erleben, erkämpfen, erleiden. Notfalls an ihm zugrunde gehen. Falstaff ist ich. Ich bin er. Verstehst du das, Valentin?

Nein, sage ich und entflamme die nächste Kippe.

Ich will es dir gerne erklären.

Eine Frage, Falstaff.

Er nippt am Wasser wie eine Nippente.

Was kann ich für dich tun, edler Freund?

Was hat der Nudel am Laufen?

Wieso?

Es heißt, der Nudel spuckt Doppel-Didi in die Suppe.

Harnotto nippt abermals.

Wie soll ichs sagen?

Sags einfach!

Es heißt, der Nudel habe Frikas Prothese verhökert, damit er Geld für seine Forschungen zusammenkriegt. Angeblich plant er eine Expedition in die Mongolei zu den Nudelpanschern bei den östlichen Brahmanen in der großen Wüste.

Ich verschlucke mich am Bier. Die Salem stirbt im Ascher.

Moment mal. Woher hat der Nudel Frikas Armprothese?

Der Nudel klaut doch nicht Frikas falschen Arm.

Der Bub wird immerhin seit fünf Tagen vermisst.

Harnotto sieht mich betrübt an.

Ich denke mir, edler Freund, Friedrich Karl Alexander hat sich auf eine Reise begeben.

Eine Reise? Wohin?

Scheint mir ein Initiationsritus zu sein. Ein Junge sucht seinen Arm, um erwachsen zu werden. Dass der Nudel den Arm geklaut hat, glaub ich einfach nicht.

Was du nicht alles weißt.

Weiß doch hier jeder, sagt er sanft und schlurft davon wie ein alter Rabe.

Weiß doch hier jeder – nur ich nicht, der berühmte Privatdetektiv Valentin Gaukler. Wenn das die Welt erfährt, bin ich erledigt.

Am Vormittag des nächsten Tages erwischt Ludwig ein Schwächeanfall.

Ich hocke bei ihm am Bett, flöße ihm heiße Suppe ein und warte darauf, dass es ihm besser geht.

Er ist leichenblass. Er schwitzt. Seine Fingernägel sind schwarz wie die Nacht. Die Augen liegen tief in den Höhlen. Die Stoppeln an seinem Kinn sind grau.

## 21

Unrasiert und fern der Heimat, heißt es in dem Lied.

Ludwig Hinterhalter ist nicht krankenversichert. Er kann sich keinen Arzt leisten. Er ist auf sich gestellt.

Ich ahne, was ihn aufs Bett geschmissen hat. Es sind die Erweckten und deren schmieriger Unterhändler, Dr. jur. Schmelzle. Denn noch immer steht das Angebot im Raum, Ludwigs Hütte für 100.000 Euro zu kaufen.

Für die verdammten Erweckten.

Die Verreckten.

Sollen sie in der Hölle schmoren.

Das ist es, was an Ludwig zehrt.

Das ist es, was ihn aus der Bahn wirft.

Das ist es, dem ich Einhalt gebieten muss.

Weiß nur nicht, wie.

Wie geht es?, frage ich.

Ausgezeichnet, sagt er und verzieht das Gesicht.

Warum belügst du mich, Ludwig?

Er hat Tränen in den Augen. Dann richtet er sich etwas auf und schaut in die Ferne, während er mir seine Geschichte erzählt.

Ludwig Hinterhalter kam in Bremen zur Welt. Ein echter Fischkopf ist er trotzdem nicht geworden, weil ihn seine Eltern im Säuglingsalter nach Straubing verpflanzten, wo sein Papa im dortigen Gefängnis acht Jahre Auszeit nahm.

Die Mama nahm den Buben mit ins Einraum-Apartment, ins Wohnklo mit Kacknische, und ging putzen.

Derweil war der Bub allein. Er verbrühte sich den Fuß an einem heruntergerissenen Topf mit kochendem Wasser, hätte bei einer Schlacht mit einer Kinderbande durch einen Treffer mit einer Steinschleuder beinahe ein Auge verloren.

Zur Schule kam er ein Jahr zu spät, weil der Papa meinte, ausbrechen zu müssen. In München hat man ihn erwischt im Bahnhofsviertel und in Stadelheim eingelagert.

Für weitere zehn Jahre, denn er hatte versucht, einen Juwelierladen zu plündern.

Ludwigs Mama hatte sich inzwischen einen Gemüsehändler am Alpenplatz geangelt und verkaufte Gurken, Kohlrabi und Gelbe Rüben. Der Bub gedieh dank gesunder Ernährung und der straffen Hand des Stiefvaters. Sein Papa verschwand im Labyrinth der Justiz und ward nicht mehr gesehen.

Ludwig absolvierte eine Lehre als Koch und eröffnete im Alter von dreiunddreißig Jahren den *Blauen Ochsen* in der Admiralstraße.

Er war einmal verheiratet, ist einmal geschieden worden und hat einmal geerbt – den *Blauen Ochsen* samt Haus in der Admiralstraße.

Was machen wir jetzt?, frage ich, als er schweigt.

Wegen Krankheit geschlossen, sagt er.

Er dreht sich zur Seite, damit ich seine Tränen nicht sehe. Nur die Schultern zucken.

Wenn ich richtig rechne, ist Ludwig vierundsiebzig. Kein gutes Alter für einen Wirt. Er sollte an seine Rente denken, an den Ruhestand, an ein Häuschen am Meer, an den Verkauf seiner Gastronomie.

Ludwig kann das nicht. Er verkauft erst, wenn er tot überm Zaun hängt. Das ist die Sachlage.

Ich suche mir eine Pappe und male den Satz mit Filzer darauf.

WEGEN KRANKHEIT GESCHLOSSEN

Lese jedes Wort und streiche alles durch. Drehe die Pappe um und schreibe neu.

WEGEN RENOVIERUNG
VORÜBERGEHEND GESCHLOSSEN

Geh vor die Tür, nagle das Schild dran, sperr zu.

Die Stammtischler benutzen sowieso die Hoftür.

Als ich nochmals nach Ludwig schaue, schnarcht er leise.

Nun wird der Pflegedienst organisiert. Jeder vom Stammtisch kümmert sich um Ludwig.

Sepp Doll fängt an.

Dann Doppel-Didi.

Für Rothändle, den ich nicht zu Ludwig lasse, springt Tina Blattert ein.

Anschließend darf sich Frauke zu Ludwig ans Bettchen setzen. Sie bringt ein Märchenbuch mit, um dem Patienten daraus vorzulesen.

Später erzählt sie, dass Ludwig ihr das Buch nach dem zweiundzwanzigsten Märchen in den Mund stopfen wollte.

Im Hustensaftladen hole ich Tee, Tropfen und Lutschtabletten. Im Supermarkt Suppe und Haferflocken, extra starke Gemüsebrühe und Schokoriegel.

Ich steige die Treppen rauf zu Klara und erbitte Einlass. Meine Süße hat fünf Kilo abgenommen.

Aber das kriegen wir hin, sobald Frika gefunden ist. Ist Ludwig wieder genesen, wird er ihr Suppe kochen und Braten und Spinat mit Eiern und riesige Schnitzel mit Pommfritz und Majo.

Klara lässt mich allein in Frikas Kinderzimmer. Ich setze mich auf den Kinderdrehstuhl vor den gebrauchten Kinderschreibtisch, sehe das ordentlich gemachte Kinderbett und betrachte die Poster mit berühmten Trompetern an der Wand.

Blättere in den Schulheften.

Erste Klasse. Schreiben und Lesen.

Zweite Klasse. Pflanzen. Blumen. Tiere.

*Der Ferd hat vier Beina*
*In jeda Seit eina*
*Und hatt er mal keina*
*Umfallt*

Und so weiter und so fort.

Man könnte das große Heulen kriegen. Wieder einmal schwöre ich bei allen galaktischen Todesarten, dem Dreckskerl, der Friedrich Karl Alexander Imhof gefangen hält, die Eier abzufeilen.

Klara steht hinter mir, als ich das Schulheft zuklappe. Ihre Stimme ist dünn wie ihr Selbstbewusstsein.

Es tut so weh, Valentin, so weh.

Ich nehme sie in die Arme.

Wir finden Frika. Das verspreche ich dir.

Anklagend hebt sie die Hand, streckt die Finger hoch. Fünf Tage, soll das heißen. Fünf Tage ist der Bub schon weg. Kein Schwanz weiß, wo er ist und ob er noch lebt. Ob er schreit.

Ob er hungert.

Ob er leidet.

Kein Schwanz weiß das.

Fünf Tage sind verdammt noch mal zu viel.

## 22

Der Brief liegt auf dem Tisch. Einschreiben mit Rückschein.

*Absender: Kurt Wollkenstein. Gründer und Vorstandsvorsitzender der Religionsgemeinschaft DIE ERWECKTEN.*
*Betreff: Admiralstraße 34, München-Untergiesing*
*Sehr geehrter Herr Hinterhalter,*
*meine Nachforschungen haben ergeben:*
*– Valentin Gaukler ist kein Rechtsanwalt. Weitere Verhandlungen mit ihm lehne ich ab. Nennen Sie mir unverzüglich einen autorisierten Rechtsvertreter Ihrer Wahl;*

*– das oben genannte Gebäude unterliegt nicht dem Denkmalschutz;*
*– es besteht keine Erbengemeinschaft;*
*– es besteht lediglich eine mehr als mangelhafte Gebäudeversicherung; d. h. das Bauwerk ist vollkommen unterversichert;*
*Es ist davon auszugehen, dass das Gebäude nicht, wie behauptet, vom Verfall bedroht ist. Auch die Behauptung, die Nordseite der Hauswand sei von Feuchtigkeit durchtränkt, entlarvt sich als plumpe Schutzbehauptung.*
*Wir stellen anheim, die Verhandlungen mit unserem Herrn Schmelzle in geordnete Bahnen zu lenken und wiederum einen Termin zum Eintritt in die Verkaufsverhandlungen zu vereinbaren.*
*Rechtsanwalt Dr. jur. Schmelzle wird Sie am 24. des Monats gegen 15.00 Uhr in Ihren Räumen aufsuchen.*
SchwurbelSchwurbel. Blablabla.
*Mit hochachtungsvollen Grüßen*
*Kurt Wollkenstein*

Der rotzfreche Ton bringt mich um den Verstand. Ich starre auf die Buchstaben, ohne sie zu lesen – einmal genügt.

Für Ludwig ist das nix. Nicht in seinem jetzigen Zustand. Es wäre sein Todesurteil.

Sorgfältig falte ich das Blatt zusammen, gebe es zurück ins Kuvert und lehne es gegen die Plastikvase mit den Plastikblumen.

Für den späteren Abend ist ein Treffen bei Lore Frenz in ihrer Dachwohnung einberufen.

Alle sind da, bloß der kranke Ludwig nicht.

Auch der Nudel fehlt.

Lore hat Kekse, Eierlikör und Holundersaft bereitgestellt. Eliana, Leyla, Salome und Stromboli sind ins Klo verbannt.

Klara Imhof trägt bitteres Schwarz. Edda knallrote Pumps. Sie ist mit Harry von Haidhausen rübergebraust.

Sepp Doll hat einen Kasten Edelstoff raufgeschleppt.

Der Sackhändler überreicht voll eckiger Eleganz einen Strauß gelber Rosen, was Lore Frenz bis unter die Haarspitzen erröten lässt.

Die Klagemauer zitiert aus der Bibel.

Krö verteilt Semmeln mit Leberkäse drauf, nach dem Motto, Spinat schmeckt am besten, wenn man ihn unmittelbar vor dem Verzehr durch eine Leberkäsesemmel ersetzt.

Ich verlese den Brief. Verlese ihn abermals. Erst beim dritten Mal hat auch Rothändle kapiert, worum es geht.

Schweigen im Walde.

Hüsteln.

Ich werde eine Messe für Herrn Wollkenstein lesen, sagt die Klagemauer.

Ich werde ihm den Schädel einschlagen, sagt Harry.

Ich werde ihn zu Tode ficken, sagt Edda.

Das wirst du nicht!, sagt Harry und packt sie am Arm.

So kommen wir nicht weiter, sage ich.

Eine Frage, Herr Kommissar, sagt Lore Frenz. Von welcher Summe ist hier eigentlich die Rede?

100.000 Mücken, sage ich.

Lore Frenz streicht ihren Rock glatt und steht auf.

Folgen Sie mir, sagt sie.

Wir trotten in den Flur. Sie zeigt nach oben. Über der Wohnungstür ist ein Regalbrett, versteckt hinter einem Vorhang.

Die Klagemauer ist der größte in der Runde. Er zieht den Vorhang zur Seite und holt einen alten Koffer herunter. Wir stellen ihn auf den Wohnzimmertisch.

Lore nestelt einen winzigen Schlüssel aus ihrer Rocktasche und öffnet das Behältnis.

Kein Wort fällt, nur die Wollmäuse husten.

Ich nehme einen Packen heraus.

Gebündelte Geldscheine.

Deutsche Banknoten.

Älteren Datums, aber echter Schotter.

Pures Geld.

Wie viel ist das?, keucht Doppel-Didi.

100 Millionen, krächzt Rothändle.

200, jubelt Knilli.

Bevor die Gier zuschnappt und Hände, Beine und Gedanken sich selbstständig machen, verschließe ich den Koffer und übergebe Lore Frenz das Schlüsselchen. Dabei blicke ich ihr unverwandt in die Augen.

Sie haben Didis Frage nicht beantwortet, Lore: Wie hoch ist der Betrag?

Lore nippt am Likörchen.

Der Koffer ruht seit Jahrzehnten über der Tür. Ich habe ihn schlichtweg vergessen, Herr Kommissar.

Schreiben wir den Verreckten einen Brief, sagt Sepp Doll in die einsetzende Stille. Dass wir uns die Bude selber kaufen.

Den Erweckten, Sepp, nicht den Verreckten.

Ist Jacke wie Hose, sagt Frauke.

Ungeduldig rutscht sie hin und her, denn bei Lore Frenz wird nicht geraucht. Dafür darf Frauke neben Knilli sitzen und seine Knie streicheln.

Wann?, fragt Doppel-Didi.

Jetzt!, sagt Rothändle und grapscht nach Eddas Panoramabluse.

Ich schüttle energisch den Kopf.

Jetzt kommt später. Erst brauchen wir einen ordentlichen Plan.

Ich rufe Doofprint an, sagt Harry, bevor er Rothändle auf die Finger drischt.

Wen?

Doofprint heißt Eugen Doorindt, sagt Harry. Arbeitet bei der MAZ, der Münchner Aberzeitung. Eugen hat einen Sprung in der Kanzel, ist aber der richtige Mann für uns.

Wieso Aberzeitung?, fragt Knilli.

Weil jeder Artikel mit »Aber« beginnt, sagt Harry.

Und was bringt uns Eugen?, frage ich.

Verbindungen. Connections. Netzwerke, sagt Harry.

Soll mich anrufen, murmele ich unzufrieden.

Die Sitzung ist beendet.

Unser Gequatsche hat nicht das Geringste gebracht.

Hätte es wissen können.

Der verdammte Geldkoffer.

Grinst hämisch.

Nehme ihn zu mir.

Unters Bett.

Hau mich in die Falle.

Jemand reißt die Tür auf.

Klara Imhof steht vor mir. Weinend. Jauchzend.

Frika ist wieder da!

Ich möchte kotzen vor Freude.

## 23

Die Vollmacht von Lore Frenz liegt auf dem Tisch. Daneben, im offenen Koffer, ihre Geldbündel. An meiner Seite Edda, die schöne Geheimwaffe.

Herr Rizos Ferdinand, Angestellter der Städtischen Sparkasse, legt die rechte Hand an die Frisur, die sein Blockflötengesicht umspielt. Nimmt die Experten-Expertise zur Hand und trägt vor. Immer wieder rutscht sein Blick aus dem Dokument.

Zu Eddas Knien.

Zu Eddas Hüften.

Zu Eddas Dekolleté.

Einfach zu Edda.

Das behindert den Vortrag, keine Frage, aber wir haben Zeit dabei.

Er spricht.

Sie haben die Möglichkeit, ohne betragliche und zeitliche Begrenzung sowie ohne Gebührenerhebung Banknoten und Münzen der Bank deutscher Länder, Banknoten der Deutschen Bundesbank mit den Banknotenserien BBk I/Ia und III/IIIa und auf Deutsche Mark oder Pfennig. Pfenning. Pfennings.

Edda beugt sich vor, nimmt spitzfingrig eines der Papiertaschentücher. Putzt sich das Näschen, verbunden mit einem fragilen Zusatzlächeln auf den Lippen.

Das Blockflötengesicht verfängt sich darin und findet nicht mehr heraus.

Das bedeutet?, zerre ich ihn zurück auf den Pfad der Tugend.

Das bedeutet, dass.

Es fällt ihm schwer.

Betrachtet man die menschlichen Ruinen um ihn herum, kann man das verstehen. Da ist alles dabei, was keiner braucht.

Dicke und dünne, große und kleine. Auch Dürre gibt es und welche mit Mehltau im Gesicht.

Ja – ich weiß. Ich bin ein boshafter, sexistischer, kleinlicher, grober, mit allen Vorurteilen dieser Welt behafteter, suboptimierter Mensch.

Aber ich wurde geboren, ohne gefragt zu werden, ich werde sterben, ohne gefragt zu werden, darum lasst mich verdammt so denken, wie ich will.

Nun?, sage ich aufgeräumt.

Das ist folgendermaßen. Der Gesamtbetrag der hier vor mir liegenden Geldnoten beträgt – Moment – neun- und – nein – 78.413 Mark und 11 Pfennige. Das ist der Gesamtbestand. Sozusagen. Ein Teilbetrag von 48.903 Mark und 4 Pfennigen wurde vor dem 20. Juni 1948 emittiert. Er kann nicht mehr eingelöst oder in Euro umgetauscht werden.

Erektiert?, sagt Edda irritiert.

Emittiert, errötet das Blockflötengesicht, bedeutet, in Umlauf geben, ausgeben. Sozusagen. Was vor Juni 48 emittiert wurde, kann nicht mehr eingelöst oder in Euro ausgegeben werden.

Oh, sagt Edda.

Darf ich Ihnen heute Abend einen ausgeben?, wagt Herr Rizos Ferdinand einen schüchternen Bauchaufschwung.

Nein, sage ich. Vielmehr will ich wissen, was das für uns bedeutet.

Das bedeutet, sozusagen, dass 29.510 Mark und 6 Pfennige verbleiben.

7 Pfennige, sagt Edda charmant.

Was?

Sie haben sich verrechnet, Ferdi-Bubi.

Oh.

Ferdi-Bubi behämmert seine Maschine.

7. Verzeihung. Sozusagen.

Was bleibt unter dem Strich?, frage ich.

Die Ungeduld in meiner Stimme ist unüberhörbar. Wir wollen in dieser verdammten Bank keine Wurzeln schlagen.

Umgerechnet in Euro sind das nach heutigem Wert ... sind das nach heutigem Tageskurs 14.119 Euro und 38 Cent. Sozusagen.

Sozusagen, schnappe ich. Und in echt?

Ich verstehe nicht.

Können wir die Kohle mitnehmen, oder dürfen wir den Rest des Tages in Ihrer Protzhütte verbringen?

Oh. Das geht ganz schnell. Sozusagen. Ich fülle dieses Formblatt aus, Sie unterschreiben und dann.

Edda hockt mit einer halben Backe auf dem Schreibtisch.

Das Röckchen rutscht.

Der Straps knallt.

Sie spielt halt gern.

Herr Rezos Ferdinand schluckt und schwitzt und schreibt. Schiebt mir das Blatt hin.

Ich kringle meinen Servus darunter.

Und was ist mit dem Geld, das jetzt ungültig ist?, frage ich.

Das dürfen Sie wieder mitnehmen. Sozusagen.

Wenig später nehmen wir den echten und den alten Schotter in Empfang.

Den echten tragen wir in einem braunen Umschlag hinaus. Den falschen in einer versifften Plastiktüte.

14.119 Euro und 38 Cent sind uns echt geblieben.

War 'n hartes Stück Arbeit.

Den Umschlag deponiere ich hinter den lockeren Fliesen beim Heizkörper im Männerklo. Lore Frenz erhält die Quittung. Sie reicht Orangenlikör.

Edda kehrt zurück nach Haidhausen.

Die ungültige Kohle wandert unter mein Bettchen.

Ludwig ist wieder auf den Beinen. Ging schneller als gedacht, aber jetzt poltert er wie früher durch die Küche, schmeißt mit Schimpfereien um sich und markiert den strammen Max.

Da weiß ich, es geht ihm gut.

Während seiner Unpässlichkeit hat Sepp Doll den Boden mit Sagrotan geschrubbt, da lebt nix mehr drauf und wird nie mehr was drauf leben. Denn nur tot ist wirklich sauber. Sagt Sepp.

Die Tische wischt Rothändle.

Lore Frenz versucht sich an den Fenstern.

Klara hat die Vorhänge gewaschen und gebügelt.

Der Nudel, endlich zurück von seiner Reise in die hintere Oberpfalz, beehrt die Gaststube mit einem Poster von der Größe eines halben Fußballfeldes.

Darauf sind alle, wirklich alle Nudeln dieser Welt in deutscher, englischer, lateinischer und kyrillischer Schrift verzeichnet und abgebildet.

Weiß der Geier, wo er das Plakat geklaut hat.

Es riecht nach Aufbruch im *Blauen Ochsen*. Als wäre frischer Wind durch das marode Bauwerk gehuscht.

## 24

Vor zehn Minuten hat mich Klara Imhof zu sich ins Wohnzimmer gebeten. Frika sitzt auf der Couch, den Blick gegen die Wand gerichtet. Die Armprothese fehlt. Der Junge nimmt keinerlei Notiz von uns.

Als wären wir nicht anwesend.

Geister. Dämonen. Untote.

Klara seufzt schwer.

Seit er zurück ist, spricht er kein Wort. Er redet nicht. Sagt nix. Nicht mit mir, nicht mit dem Nudel, nicht einmal mit sich selber. Stumm wie ein Fisch. Wenn das so weitergeht, bin ich tot.

Schwer getroffen vom temporären Autismus des Buben versinkt sie im Sessel.

Ich verlasse die Wohnung, steige hinauf zu Lore Frenz. Nötige sie, mitzukommen. Sie ist eine Frau, ein weibliches Wesen. Vielleicht kann sie helfen. Lore sperrt die Katzen weg, streift den leichten Sommermantel über, nimmt den Schirm und folgt mir.

Bald sitzen wir zu dritt vor Friedrich Karl Alexander. Klara hat Tee gemacht. Ich hab Bauerntrank dabei. Lore Frenz steuert Kekse bei. Dinkel und Soja.

Ist ja auch egal.

Nach der zweiten Tasse schläft Frika ein.

Zu viel Bauerntrank.

Wir vertagen.

Lore Frenz geht.

Klara zeigt mir das Schreiben von Kommissar Prall, dass die Akte mit der Vermisstenanzeige wg. Friedrich Karl Alexander Imhof geschlossen wurde.

Ich bleibe und versüße uns den Tag. Klara lebt auf.

Zurück in meiner Bude finde ich einen Schrieb, der mich an den Brief von Kommissar Prall erinnert. Das gleiche Kuvert, die gleiche Briefmarke, der gleiche Absender.

Vorladung auf 14.00 Uhr.

Um halb drei sitze ich in Pralls Büro. Bullaugenfenster, Stahlspind, Stahltisch, Stahlstuhl für Besucher.

Wir sind ganz bei uns. Ich habe keine Ahnung, was Reginald von mir will.

Zeugenaussage?

Befragung?

Verhaftung?

Er kommt direkt zur Sache.

Wo waren Sie am Vierten?

Daheim.

Zeugen?

Nein.

Sagt Ihnen der Name Waldemar Abegg etwas?

Nie gehört. Was ist mit Waldemar?

Herr Abegg stürzte am Vierten aus dem Fenster seines Opas.

Verdammter Opa.

Sie geben also zu, dass Sie am Vierten bei Waldemar Abegg und seinem Opa waren?

Niemals!

Wie Sie wollen, Herr Gaukler.

Reginald Prall, jetzt ganz der Kriminalkommissar, erhebt sich abrupt.

Mitkommen.

Warum denn? Es ist gemütlich hier.

Prall führt mich in einen Raum für Gegenüberstellungen. Wir sind fünf.

Einer mit Schnappatmung.

Einer im Balkan-Smoking.

Ein Genflop.

Einer, der aussieht wie ein Rührei auf Füßen.

Und ich.

Jeder kriegt ein Schild in die Hand. Ich bin die Nummer eins.

Dann sind wir allein.

Nach zehn Minuten ist die Sause vorbei. Prall schickt uns weg. Die Schnappatmung behält er.

Hätte ich auch genommen.

Am anderen Morgen kriegen wir Besuch.

Doktor jur. Willibald Schmelzle samt Ochsenledermappe.

Frauke ist da, auch Sepp Doll.

Schweigend setzt sich der Anwalt. Grimmiges Gesicht. Worte wie Eiswürfel.

Der Krieg hat begonnen.

Meine Herren, hier ist der Kaufvertrag. 75.000.

Neulich warens noch 100.000, sagt Ludwig.

Fein beobachtet, sagt Schmelzle. Beim nächsten Mal sind es 50.000. Dann 25.000.

Und dann?, frage ich.

Nichts mehr.

Sitzt die Brille zu eng, oder was soll das?, sage ich widerständig.

Kann ich einen Kaffee haben?, ignoriert er mich.

Ludwig bringt eine Tasse.

Schmelzle nippt, spuckt aus.

Was um Himmels willen ist das?

Kaffee, sagt Ludwig.

Wollt ihr mich vergiften?

Ja, sage ich und stehe auf.

Doktor jur. kommt hoch. Die Welt um ihn ist düster geworden. Treibsand. Bodennebel. Erdbeben.

Frauke hat seine Mappe entdeckt, drückt die *Longsize* auf dem narbigen Leder aus. Eine winzige Rauchfahne steigt auf.

Kriegsfeuer.

Sepp Doll packt den Kaufvertrag. Zerreißt ihn von links oben nach rechts unten. Diagonal.

Noch Kaffee?, sagt Ludwig.

Willibald starrt ihn an wie eine Fata Morgana. Öffnet den Mund. Schließt ihn wieder. Packt die ramponierte Mappe.

Ein Schritt zur Tür.

Noch ein Schritt zur Tür.

Sie werden es bereuen.

An der Tür.

Bitter bereuen.

Draußen ist er.

Bei Ludwig in der Küche.

Was hast du in den Kaffee getan?, frage ich.

Fischsuppe.

Fischsuppe?

Ja. Neun Achtel Fischsuppe, ein Achtel Kaffee.

Ich sag dir was, sag ich. Ich hätte Strychnin genommen. Strychnin. Das sag ich dir.

Ist grad nicht vorrätig. Aber danke für den Tipp.

# 25

Ich telefoniere mit Harry in Haidhausen. Muss mir Edda leihen. Der misstrauische Kerl will genau wissen, warum und wofür. Ich zerpflücke meinen Plan in allen Einzelheiten. Er lehnt ab.

Ich biete Geld.

100 Mäuse.

300.

Wir einigen uns auf 150. Verdammte Kohle. Meine Gedanken fliegen zum Blockflötengesicht in der städtischen Sparkasse.

Aus dem braunen Umschlag im Männerklo nehme ich die Scheine und erwarte Edda.

Ich gebs zu. Mein Plan ist nicht besonders fein. Nicht einmal jugendfrei. Aber irgendwie müssen wir Frika knacken.

Ich will wissen, was passiert ist. Wo die verdammte Prothese geblieben ist. Was der Bub erlebt hat.

Wo ist er gewesen? Hat er gegessen, getrunken, gefurzt? Wo geschlafen? Leute getroffen? Wer hat ihn gesehen? Ist er verschleppt worden? Missbraucht? Verprügelt, gefoltert?

Warum?

Ich muss es wissen. Klara muss es wissen. Wir alle wollen hören, was Friedrich Karl Alexander Imhof bei seiner Reise durch die Nacht widerfahren ist.

Denn je länger das Schweigen anhält, desto tiefer bohrt es sich in sein Gemüt, verletzt seine Seele, untergräbt sein Selbstvertrauen.

Das ist tödlich für einen jungen Menschen.

Deshalb der Plan.

Edda erscheint pünktlich. Die Fuffziger verschwinden in ihrem BlinkyBlinky-Täschchen.

Sie hat aufgerüstet. Enge Bluse, kurzes Röckchen, High Heels. Ultimative Kriegsbemalung. Den BH hat sie abgelegt wie die guten Manieren.

Der blonde Panther auf Raubzug. Und Frika ist die Beute.

Sie bleiben ein Stündchen im Separee. Klara hab ich einkaufen geschickt.

Gemüse und Obst und Fleisch.

Champagner und Likör und Bauerntrank.

Dein Sohn ist kein Kind mehr, sagt Edda mit roten Backen ein schwaches Stündchen später, als Klara die Tüten auf den Tisch stellt. Frika ist jetzt ein Mann, und was für einer.

Wo ist er?, fragt Klara.

Er schläft.

Zuvor hat er geredet wie ein Buch.

Edda stellt ein Diktiergerät auf den Tisch, dreht den Lautstärkeregler hoch.

Hat es dir gefallen? Eddas Stimme.

Das war sehr schön. Frikas Stimme.

Wir sind jetzt ein Paar, Karl-Friedrich.

Ich liebe dich, Edda.

Ich liebe dich auch. Könntest du deiner Liebsten erzählen, was passiert ist?

Schwierig, Edda.

Versuch es.

Schnelles Atmen. Räuspern. Mehrfaches Husten.

Frikas leise Stimme.

Edda dreht den Regler auf Anschlag.

Was wir hören, ist unerhört.

## 26

Dies ist Frikas Bericht. Ähnelt einer Beichte. Einem Bekenntnis. Oder schlicht einem Referat. Als wäre er in der Schule.

Bin unterwegs, sobald Mama schläft. Fast jede Nacht. Allein oder mit Kumpels. War ich auf Baustellen. Hab Kippen gesucht und Bierflaschen. Die Kippen geraucht, die Bierflaschen ausgetrunken. In Baugruben gepisst. Fensterscheiben zerdeppert. Als Ausgleich zur Schule. Bin rüber zum Werksviertel an der Finkenturmstraße. Großes Ding. Immer was los. Rauf auf einen Kran. Seh unten einen Betonwagen. Nachts um zwei. Dahinter ein schwarzer Jeep. Fährt zu einem Fundament. Männer steigen aus.

Stille.

Was für Männer?, fragt Edda.

Männer halt. Holen aus dem Jeep zwei andere Männer. Gefesselt, Mund und Augen verklebt. Führen sie zum Fundament. Schmeißen sie rein. Der Betonmischer lässt Beton ab. Die Männer verschwinden.

Bei lebendigem Leib?, fragt Edda.

Keuchen. Räuspern. Lautes Weinen.

Ja.

Stille.

Und dann?, fragt Edda.

Weg.

Autonummern?

Nein.

Die Männer erkannt?

Nur den Fahrer vom Betonwagen. Bin runter vom Kran. Da hab ich die Prothese verloren.

Hat dich wer gesehen?

Der Fahrer vom Betonwagen. Schaut hoch, weil die Prothese gefallen ist.

Das Gespräch endet mit heftigem Weinen.

In der Stille Klaras Schluchzen.

Edda nimmt sie in die Arme. Zwei starke Frauen. Und ein Kind, das früh zum Mann werden musste.

Da hab ich Bock drauf wie Jesus auf Karfreitag, sag ich eine Spur zu laut, um den Tag zu retten.

Keine Chance.

Nach einer Weile löst sich Klara aus Eddas Armen.

Kannst du mit Frika reden, dass er da nicht mehr hingeht?

Ja, lüge ich. Frika wird mir den Ort des Verbrechens zeigen müssen, ob Klara das passt oder nicht. Es ist anzunehmen, dass der Betonmischer weiterhin die Baustelle anfährt. Ich brauche dringend eine genaue Beschreibung des Fahrers. Die kriege ich aber nur von Frika. Der Junge schwebt in Lebensgefahr, falls der Kerl ihn erkannt hat.

Doch heute braucht der Junge seine Ruhe.

Wer profitiert davon, dass Menschen im Beton verschwinden?

Ein Einzelfall?

Eine Beton-Lawine?

Ein Rachefeldzug?

Nichts ist unmöglich.

# 27

Heute ist Leberwursttag. Heute ist mir meine Leber Wurst. Tage wie dieser beginnen mit einem Gitarristenfrühstück: Becher Kaffee und Salem ohne.

Ludwig hockt bei mir. Es ist ruhig im *Blauen Ochsen*. Für meinen Geschmack zu ruhig. Keine Mittagsgäste. Keine Laufkundschaft. Friedhofsruhe.

Jemand dreht hier an einer Schraube. Die Erweckten wollen uns mit allen Mitteln das Wasser abgraben, so viel steht fest. Ludwig merkt noch nichts, aber mir sticht es mitten ins Herz.

Wir reden über die Morde im Beton. Ein ums andere Mal schüttelt er den Kopf, zuckt hilflos mit den Schultern. Der Bedeutung des Falles gemäß gibt es Warsteiner. Der Kasten steht auf dem Nebentisch. Kurze Arme, kurze Wege.

Ich frag dich, Valentin, wer macht so was?

Genau das werde ich rauskriegen.

Wie willst du das machen?

Mit Frikas Hilfe. Kein Wort zu Klara.

Ich bin doch nicht blöd, keucht er empört.

Ludwig, wie viele Baustellen hat München? Und wie viele Baufirmen?

Keine Ahnung. Kein Ergebnis.

Zum Mittagessen gibt es Reste *reloaded*. Nudeln mit Tomatensoße und Hack.

Am Nachmittag überwinde ich meine Abneigung gegen die Staatsgewalt und besuche Reginald Prall im Präsidium.

Mit großen Augen hört er die Story, lässt mich sogar ausreden.

Der Fenstersturz von Hobbyhitler Abegg scheint vergessen. Es wird Zeit, dass wir uns Wichtigem zuwenden.

Ich beende meinen Bericht.

Und warte.

Prall lässt sich Zeit.

Wo, sagten Sie, soll das passiert sein?

Werksviertel an der Finkenturmstraße.

Er wirft den Laptop an, googelt herum.

Werksviertel? Da ist eine gewaltige Baustelle zwischen Ernst-Busch-Straße und Finkenturmstraße. Eine Menge Firmen arbeiten dort. Nicht gerechnet Subunternehmer und Zulieferer.

Bitte nur die großen.

Pöhl GmbH, Fruchtfinger AG, Baugruppe GmbH, Mettmanger und Söhne. Die anderen sind zu klein.

Können Sie rauskriegen, wem die Firmen gehören?

Nein, sagt Prall und stellt den Klapprechner weg.

Wieso nicht?

Hier handelt es sich eindeutig um Mord. Dafür ist die Mordkommission zuständig. Ich bin nur die Vermisstenstelle, schon vergessen?

Feigling.

Werden Sie nicht frech, Gaukler. Der Fall Abegg ist noch immer nicht aufgeklärt.

Typisch Beamter: spontan wie ein Fahrplan.

Was soll das heißen?

Soll heißen, irgendjemand vermisst die Männer im Beton. Ehefrau, Sohn, Mutti. Und Vermisste, verehrter Herr Kommissar, fallen nun mal in Ihr Ressort.

Welche Silbe von »Nein« haben Sie gerade nicht verstanden, Gaukler? Das ist Mord. Bei Mord bin ich nicht zuständig. Und jetzt raus hier. Ich habe zu arbeiten.

Stehe vor dem Präsidium und denke, diese Behörde ist so überflüssig wie der Pimmel vom Papst. Wie zum Hohn erklingen die Glocken des Liebfrauen-Domes.

Die Klagemauer.

Pfarrer mit Kirche.

Hat vielleicht ein bisschen Geld im Beutel, um ein bisschen zu renovieren. Eine Renovierung ist eine Baumaßnahme. Dazu braucht es eine Baufirma. Man könnte das eine oder andere Unternehmen austesten. Das ist mein Plan. Etwas dürr, geb ich zu. Aber ein Plan.

Bin schon auf dem Weg. Vorher hole ich Rotkäppchensekt und Seelachs. Auf Seelachs steht die Klagemauer. Besonders wenn ihn Krö in der Pfanne dünstet. Krö ist nicht nur Theos Koch. Krö ist ein Magier am Herd.

Theodor Birk sitzt über seiner Predigt, als ich eintrete.

Thema: der verlorene Sohn. Evangelium nach Lukas.

Lieber Theo, beginne ich und ernte einen vernichtenden Blick. Keine Nächstenliebe. Keine Gnade. Keine Erlösung.

Was ist los?

Die Klagemauer fegt die Predigtblätter vom Tisch, darunter kommt sein Haushaltsbuch zum Vorschein.

Komm her, Valentin.

Ich umrunde den Tisch, schau ihm über die Schulter.

Was siehst du? Sags mir.

Rote Zahlen.

Überall?

Ja, Theo. Überall.

Ich setze mich wieder.

Er seufzt schwer. Ein rollendes, grollendes Seufzen, das direkt aus dem Schlund der Hölle zu kommen scheint.

Ich bin pleite, Valentin. Die Pfarrei ist pleite. Die Kirche ist baufällig wie eine Ruine, und ich bin pleite. Und alles nur, weil immer mehr Leute aus unserer lieben Mutter Kirche austreten und kein Mensch mehr ehrenamtlich tätig sein will. Sogar die Ministranten laufen mir weg. Und jetzt ist auch noch der verdammte Messwein um zwanzig Prozent raufgegangen – Himmel, Arsch und Zwirn.

Was sagt dein Boss?

Du meinst, der liebe Gott? Der schweigt wie immer. Aus dem kriegst du nix raus. Der ist auf Urlaub im Paradies, oder sie haben ihn in der Hölle gegrillt.

Und deine irdische Regierung?

Die haben selber kein Geld mehr. Alles im Vatikan verbuttert.

Heiliges Kanonenrohr.

Ich köpfe den Rotkäppchensekt und schenke in zwei silberne Messbecher ein. Wir trinken.

Was wolltest du eigentlich?

Dich besuchen, Theo.

Sonst nichts?

Naja.

Raus damit.

Ich zücke den Seelachs.

Der ist für dich. Krö soll ihn kochen. Dann habt ihr wenigstens was zu essen.

Der Klagemauer wird ganz weh um die Mundwinkel.

Valentin, du bist ein echter Freund – Krö!

Krö kommt aus der Küche, wo er am Tisch gern schlummert, wenn Theo seine Predigten schreibt. Er sieht den Lachs und ist hellwach. Packt das Tier, haut ab. Zehn Minuten später dringt verführerischer Duft aus seiner Kombüse.

Wir sind bei der dritten Flasche Messwein, als Krö sein Menü aufträgt.

Eiersuppe mit Koriander beträuft.

Seelachs auf Hagebutten in grüner Marinade.

Bauerntrank zum Dessert.

Nach der fünften Zugabe Messwein erläutere ich meinen Plan. Krö schnarcht wieder. Theo werkelt an seiner Predigt. Keiner hört zu.

Bei Lukas gibt es drei Gleichnisse, sagt Theo plötzlich. Vom verlorenen Schaf, vom verlorenen Sohn und von der verlorenen Drachme.

Ich nehme die Drachme, sage ich. Kohle kann man nie genug haben.

Aber Geld kann man nicht essen. Ein Schaf schon. Im Zweifelsfall nehme ich das Schaf. Seine Wolle wärmt mich, sein Fleisch nährt mich.

Bleibt der verlorene Sohn.

Frika ist wieder da.

Theo Birk erhebt seinen massigen Körper. Leicht wankt er.

Noch ein Grund, an Gott zu glauben. Bist du eigentlich katholisch, Valentin?

Die Frage ist mir unangenehm. Weiß der Henker, warum.

Ich bin Atheist von Gottes Gnaden.

Lächelnd reicht er mir die Hand zum Abschied.

Kümmere dich um Frika, Valentin.

# 28

Am Morgen haut mir Ludwig die Zeitung um die Ohren:

*Blauer Ochse wegen Hygienemängeln geschlossen*

Daher keine Kundschaft.

Keine Gäste.

Daher die Friedhofsruhe.

*ABER wie aus gut unterrichteten Kreisen verlautet, wurde die* Gaststätte zum Blauen Ochsen *in Untergiesing wegen gravierender Hygienemängel bis auf Weiteres geschlossen. In den Pommes frites wurden angeblich ein Weberknecht sowie Kakerlaken entdeckt. Jeder zahlende Gast wird sich gut überlegen, ob er eine solch ungastliche Stätte jemals wieder aufsuchen möchte.*

Was ist das für ein verlogenes, gekauftes Schmierblatt?, sage ich und rumple in die Hosen.

Die Münchner Aberzeitung.

In meinem Kopf klingelt es.

Ich rufe Harry Hoyla in Haidhausen an. Er gibt mir die Anschrift der Redaktion. Chefredakteur ist ein gewisser Toni Mussa. Harry sagt, sie nennen in Teflon-Toni. Harter Brocken.

Beratungsresistent.

Es heißt, Argumente hätten ihn noch nie interessiert. Nur seine Zeitung. Sein Schmierblatt. Seine verdammte Klopostille.

Ich ziehe los.

Umsonst.

Am frühen Morgen schläft der Kerl noch. Hat bis spät in die Nacht Druckfahnen gelesen und korrigiert und lektoriert und sich daran wieder mal die Finger dreckig gemacht.

Die Raststättenschönheit am Tresen will seine Privatadresse unter gar keinen Umständen herausrücken.

Unter gar keinen Umständen.

50 Mäuse wandern übern Tisch.

Unter gar keinen.

50 Mäuse verfolgen sie.

Unter 200 geht nix.

100 Mäuse trippeln fröhlich hinterher.

Manche Frauen beurteilen Männer nach ihrem Geruch. Am besten, er riecht nach Geld.

Das Mädel schiebt mir in einer eleganten Bewegung Mussas private Visitenkarte über den Tisch und lässt gleichzeitig die Mäuse in ihrem Tittendisplay verschwinden.

Sage noch einer, Frauen beherrschten kein Multitasking.

Jedenfalls ist der Tag gerettet.

Lore Frenzens Geldkoffer sei Dank.

Besuch bei Teflon-Toni. Leichtes Klopfen an der Tür. Hämmern. Trommeln.

Endlich wird die Tür aufgerissen. Ein Wuschelkopf schaut heraus, fett wie eine Kanonenkugel. Dafür Arme wie Sirupfäden.

Ich habe mich verkleidet. Trage zur Abwechslung mal ein Priestergewand. Weißer Betonkragen unter schwarzem Hemd. Schwarzes Sakko mit silbernem Kreuzchen. Schwarze Hose, sponsored by Klagemauer.

Wegen seiner Haarpracht entgehen Toni meine gelben Schlangenlederboots. Mit seiner Frisur kommt er beim Putzen richtig gut in alle Ecken.

Demütig betend neige ich mein Haupt vor ihm.

In nomini patri in vinum veritas, nolens volens, pecunia non olet, in dubio pro corpus delicti, erare humanum rest, in dulci jubilo und Harry fährt Astra, habeus papam sanctus, carpe diem in flagranti, orvieto und chianti, Amen.

Bevor er pupst, hau ich ihm eine auf die gepolsterte Rübe.

Stell ihm ein Bein.

Zerre ihn in das versiffte Wohnzimmer, wo es nach Kräutern der Bronx riecht. Gras. Marihuana. Dope und Ganja.

Die Tür kracht hinter mir ins Schloss. *Kick it like Beckham.*

Was fällt Ihnen ein, mich hier zu überfallen?, keucht Teflon-Toni.

Wer pöbelt, wird vermöbelt, sage ich und hebe die Faust. Herr Oberredakteur zuckt zusammen.

Fragestunde.

Wer bezahlt dich für den Schund, den du zusammenschmierst?

Auftraggeber, murmelt er.

Welche Auftraggeber?

Jeder, wo Geld bringt.

Ich trage aus dem Gedächtnis vor.

*Wie aus gut unterrichteten Kreisen verlautet, wurde die* Gaststätte zum Blauen Ochsen *in Untergiesing wegen gravierender Hygienemängel bis auf Weiteres geschlossen.*

Das ABER fehlt.

Wer hat dich beauftragt, Toni, und was hat er dir für den Dreck bezahlt?

Das erfährst du nie, grinst er keck.

Das darf er nicht.

Das tut man einfach nicht.

Ein solch bräsiges Grinsen ist gegen alle guten Regeln.

Kein anständiger Mann hält das aus.

Ich bin nicht anständig. War ich nie. Aber das weiß Teflon-Toni nicht.

Sonst hätte er nicht gegrinst. Sondern geweint.

Hätte sich in den Keller zu den Vorräten geflüchtet. Oder in eine schnucklige Depression, wo ihm keiner mehr was tut.

Bei leichter Depression hilft ein Bad mit ätherischen Ölen, bei schwerer ein Bad mit Föhn, sage ich zu seiner Erbauung.

Er starrt mich verständnislos an.

Ich hebe abermals an.

Du bist wirklich die Stradivari unter den Arschgeigen, Mann. Hat dir das noch keiner gesagt?

Stradivari?, schnappt er mit leuchtenden Augen. Darüber könnte ich schreiben. Das wäre ein Thema nach meinem Geschmack. Musik!

Wer bezahlt dich?, sage ich und stehe auf. Die Fragestunde dauert mir schon zu lange. Nicht dass noch eine Putze in unsere Unterhaltung platzt oder seine Busen-Lilly.

Toni stockt.

Toni bockt.

Hilft alles nix.

Jetzt muss ich richtig böse werden.

Nicht meine Schuld.

Nach zwei gebrochenen Fingern spuckt er eine Handynummer aus dem blutigen Maul.

Ich rufe an, den Fuß auf Tonis Feinkosthügel.

Hier ist der Anschluss von Diplomingenieur Hugo Schädel, Geschäftsführer der Baugruppe GmbH, Albrecht-Zwirner-Allee. Sprechen Sie nach dem Pieps.

Den Pieps schenke ich ihm.

Teflon-Toni ist wieder dran.

Kommt Hugo in die Redaktion, schmeißt Kohle auf den Tisch und sagt, schreib, was ich dir sage. Läuft das so bei dir?

Er hat den Text gleich mitgebracht.

Kassierst die Mäuse, ohne einen Finger zu rühren?

Das ist der Idealfall.

Nein. Das ist billigster Gang-Bang-Journalismus, mein Junge. Du druckst eine Information, ohne sie vorher geprüft zu haben, und bist auch noch so dämlich, es zuzugeben.

Was soll ich denn machen? Bring ich die Meldung nicht, bringt sie ein anderer. Und mir geht der Zaster durch die Lappen.

Hast du es mal mit ehrlicher Arbeit versucht, mein lieber Mussa-Toni?

Leck mich am Arsch.

Reinigend oder erotisch?, flöte ich.

Bist gar kein Pfarrer, stimmts?

Ich greife in die Tasche.

Hier – ein Fleißbillett.

Drücke ihm das Bildnis von Maria mit dem Kind in die Hand, begleitet von einem guten Rat.

Wenn du das noch mal abziehst, komm ich zurück, Toni. Wir spielen Probesterben!

Dann muss ich hier raus, sonst beißt mich der Bär.

# 29

Gerade stelle ich die letzten Stühle auf die Tische, es ist weit nach zwölf, da schreit mein Handy. Es ist Krö, Theos Koch.

Der Chef ist hin.

Was?

Fast jedenfalls.

Ich plumpse auf den letzten Stuhl.

Was ist passiert?

Vorhin kamen zwei maskierte Typen ins Pfarrhaus und hauten wortlos zu, noch bevor der Chef sie begrüßen konnte. Ich schnapp mir die große Kupferpfanne. Hau zurück, kann das Schlimmste verhindern. Einem der beiden Typen reiße ich das Tuch vom Kopf. Eine Frau. Dann sind sie weg. Das Ganze hat keine drei Minuten gedauert.

Und jetzt?

Hab sie verfolgt. Im Moment hocken sie im *Smetana*.

Was ist mit Theo?

Der liegt mit einem blauen Auge im Bett und betet für die zwei.

Wir treffen uns vorm *Smetana*, sage ich und beende das Gespräch.

Das *Smetana* am Candidplatz, unweit der Admiralstraße, ist eine Kneipe für junge Leute. Neu, kahl, angesagt. Nicht unbedingt mein Ding. Aber das ist, wie so vieles, reine Geschmackssache.

Mit 100 Prozent *Arabica-Coffee-Beans* aus vier Kontinenten.

*India. Brazil.*

*Mexico. Ethiopia.*

*House blend.*

Verdammtes Englisch.

Krö wartet bereits. Trägt die Kupferpfanne wie eine Winchester über der Schulter. Der brave Kerl steht voll unter Dampf. Seine Wut ist kilometerweit zu hören, so schnaubt er.

Wer seinem Chef zu nahe tritt, tritt auch Krö zu nahe. Da passt nix mehr zwischen Wand und Tapete.

Es dauert eine ganze Weile, bis er sich beruhigt hat und die Kupferpfanne in die Ecke stellt.

Wir gehen rein.

Es ist kaum mehr was los. Eine Kellnerin döst in der Ecke. Ein Liebespaar turtelt am Fenster. Ein stiller Weinsüffler parkt neben der Klotür.

Unser Paar sitzt an der Rückwand mit Blick zum Eingang. Sie sind dermaßen ins Gespräch vertieft, dass sie Krö übersehen.

Wir nehmen den Nebentisch.

Ich bestelle Tortellini Alabama, doch es gibt nur Crêpes oder Panini. Krö mag ein Dunkles vom Fass. Man bringt uns Heineken in der Dose.

Mich stört das nicht, ich habs Verzichten gelernt. Krö allerdings ist ein Gourmet und kein Gourmand.

Krö mags fein.

Ich sehe, wie sich seine Birne violett einfärbt. Bevor es zur Explosion kommt, nehmen wir eine Flasche Appenzeller Mineralwasser, links gedreht, und je zwei Panini mit echtem Parmaschinken und französischem Weichkäse.

Die Bedienung zieht ab.

Wir essen.

Wir trinken.

Wir warten.

Das *Smetana* leert sich. Wir sind allein mit den beiden, die Theo überfallen haben.

Schau mal, wie der schaut, sage ich kräftig zu Krö.

Den haben sie bei IKEA aus der Fundgrube geholt, sagt Krö ebenso kräftig.

Der Mann blickt auf. Die Frau schaut weg.

Rotznasen, sagt der Mann.

Immer schön flauschig bleiben, sage ich und rucke hoch. Krö wartet. Denkt an seine Kupferpfanne vor der Tür. Ohne sie ist er nackt und bloß.

Was wollt ihr?, fragt der Mann.

Deinen Namen.

Ich wüsste nicht, warum.

Deinen Namen, Mann.

Er erhebt sich. Würdig.

Diplom-Ingenieur Hugo Schädel, Geschäftsführer der Baugruppe GmbH.

Das reicht, sagt die schwarzhaarige Kampfmaschine neben ihm mit einer derart unseriösen Stimme, dass es mir durch Mark und Bein strömt. Da möchte man doch gleich an unseriöse Dinge denken.

Weg damit.

Sie zieht Hugo zurück auf seinen Stuhl, und ich frage mich, wer bei diesem Duett das Wort führt.

Starker Deal, Lucille, sage ich, um die Stimmung etwas aufzulockern.

Es hilft nix.

Die Kampfmaschine springt auf. Krö rennt vor die Tür. Hugo bleibt sitzen.

Sie kommt näher.

Wir stehen Gesicht an Gesicht.

In ihrem linken Auge zuckt es.

Ich kenne dieses Zucken. Es tritt auf, unmittelbar vor einem Angriff; unmittelbar vor dem Weltuntergang. Ich mag aber nicht untergehen.

Ducke mich weg. Links. Rechts. Wie ein Wackelpudding. Das verwirrt sie.

Und sie verwirrt mich. Ich erkenne etwas in ihrem Blick, das mich überrascht. Eine gewisse Verwandtschaft. Ein irritierender Gleichklang.

Es geht nicht um Mann oder Frau. Es geht nicht um investigatives Vögeln, wenn man einfach mal so wissen will, wie sie im Bett ist.

Es geht um sehr viel mehr. Ihr Blick signalisiert, dass wir uns verstehen, weil wir aus dem gleichen Holz geschnitzt sind. Dass wir Kämpfer sind, die nur zufällig und ohne Absicht auf der jeweils anderen Seite des Zaunes stehen.

Nichts Persönliches.

Ihre flache Hand erwischt mich am linken Ohr. Die andere am rechten. Taubheit stellt sich ein. Sie grinst.

Grüß Gott, ich bin die Lieselotte, lese ich von ihren Lippen.

Im gleichen Augenblick landet Krös Kupferpfanne auf Hugos Schädel.

Knackige Töne. Hugo hat sich ein Haar gebrochen. Oder ein Ohr. Jedenfalls bleibt er wankend sitzen.

Seegang bei mir.

Kniegang.

Wippen. Ich komme hoch, kann wieder hören. Krö ohrfeigt Hugo, ich fixiere Lieselotte.

Sirenen. Polizei im Anmarsch.
Lieselotte, wo finde ich dich?
Frag Harry in Haidhausen.
Nix wie weg.

Ich sitze bei Theo am Bett. Krö hat sein Mordwerkzeug wieder auf den Herd gestellt und kocht Hühnersuppe für den Chef.

Ich reiche Theo ein Glas dunklen Messwein aus Apulien, verstärkt durch etwas Bauerntrank aus München.

Die Klagemauer sieht schlecht aus. Der Überfall hat ihn ziemlich mitgenommen.

Wer hat mich so vermöbelt?, fragt er.

Hugo und Lieselotte.

Nie gehört.

Hugo Schädel ist Geschäftsführer bei einer Firma, die sich Baugruppe nennt.

Und Lieselotte?

Ich tippe Harry Hoylas Nummer ins Handy. Er ist sofort dran.

Harry, wer ist Lieselotte?

Eine Freundin. Hat ein Sicherheitsunternehmen. Gute Frau. Wieso?

Wir haben uns getroffen.

Glückwunsch. Das Mädel hat was. Könnte zu dir passen. Jedenfalls besser als Edda.

Wo finde ich sie?

Lieselotte ist in ganz Deutschland unterwegs. Ist sie in München, geht sie ins *Esperanto* am Baldeplatz frühstücken. Ich muss dich aber warnen. Die heiße Lieselotte ist Frühaufsteherin. Hockt ab sieben im *Esperanto* und futtert Müsli. Noch was?

Danke Harry, das wars schon.
Ich schau zur Uhr. Drei nach vier.
Zeit für zwei Stunden Schlaf.

## 30

Um zehn rucke ich hoch.

Lieselotte verpasst.

In der Gaststube ist der Teufel los.

*Shitstorm.*

Im Bademantel grüngrau hocke ich am Stammtisch, höre zu mit einem Becher höllisch heißem Kaffee, der in Erdöl gebadet wurde.

Nudel liegt im Krankenhaus, sagt Klara Imhof unter Tränen. Neben ihr hockt Frika – schweigend. Die Armprothese liegt neben ihm.

Bevor ich fragen kann, bricht die ganze entsetzliche Wahrheit über mich herein.

Der Nudel hat wie immer keine Kohle. Klaut Doppel-Didi die Skorpione, verschachert sie in Tirschenreuth an einen Sammler und finanziert mit dem Erlös die Recherchereise.

Das blieb nicht lang verborgen.

Jetzt liegt der Vollpfosten mit verbogener Nase und gebrochenen Rippen im Krankenhaus und schiebt großen Hass auf die Welt und auf Doppel-Didi.

Das schafft Doppel-Didi doch nicht alleine?, frage ich Klara, und sie nickt mit einem dürren Lächeln.

Nein. Knilli hat geholfen, Rothändle hat sie angefeuert. So war das. Was soll ich sagen, Valentin? Der Nudel ist ein Dieb und hat die Quittung bekommen.

Hast du ihn schon besucht?

Nein.

Er geht zugrunde ohne dich.

Ich weiß, sagt sie. Ich weiß.

Dann sagt sie nichts mehr. Klara ist eine kluge Frau. An ihr kann man sich aufrichten, von ihr kann man lernen.

Bevor ich den Faden verliere, zeige ich auf Frikas Prothese.

Ja, sagt sie, die ist wieder da. Ein Mann hat sie heute früh gebracht.

Ein Mann? Was für ein Mann?

Der Betonfahrer, sagt Frika. Mürrisch zwar, mit einer Spur junger Ungeduld in der Stimme, aber tatsächlich in deutlich vernehmbaren Worten. Das temporäre Asperger-Syndrom scheint überwunden.

Es gibt eben noch ehrliche Menschen, sagt Klara. Mitunter ist sie von berückender Naivität. Dagegen kommt auch ihre charmante Gescheitheit nicht an.

Mir gefällt das überhaupt nicht. Aber ich schweige. Der Betonfahrer bringt die Prothese zurück. Nicht aus Nächstenliebe. Nicht aus Höflichkeit oder in Erwartung eines Finderlohnes.

Der verdammte Kerl wurde beauftragt, den Träger dieses sehr speziellen Armersatzes ausfindig zu machen, was vermutlich nicht besonders schwer war. Dann hat man ihm gesagt, geh hin und schau dir den Knaben an.

Man weiß also nun, wie der Junge aussieht, wo er wohnt, wie er heißt.

Den schnappen wir uns. Nicht sofort, nicht heute und nicht morgen.

Aber es kommt die Zeit, da wird der Bub in die Mangel genommen. Was hat er auf dem Kran gesehen, gehört,

Autonummern notiert? Hat er was mit dem Smartphone aufgezeichnet, auf Youtube gestellt oder getwittert?

Hat er Mama davon erzählt?

Oder der Polizei?

Wie gesagt: nicht heute und nicht morgen. Aber bald, sehr bald. Weil auch die Polizei nicht pennt.

Bei einer fetten Semmel mit Leberkäse und scharfem Chilisenf frage ich mich, wer hinter der Mordaktion steckt. Männer verschwinden im Beton. Laut Kommissar Prall gibt es eine Anzahl vermisster Personen im Raum München. Sind auch sie im Beton versackt?

Wo ist das Motiv? Wer sind die Auftraggeber? Gibt es weitere Baustellen, auf denen Ähnliches passiert? Oder handelt es sich um einen Einzelfall?

Kurz vor Mittag erwische ich Prall. Muss mir die Liste mit den vermissten Personen rüberfaxen. Achtundvierzig Opfer.

Reginald ziert sich.

Ist mal wieder teilzeitdeprimiert. Kein Wunder bei dem miesen Job.

Sollte eine dralle Mutti knallen. Oder mit ein paar Kumpels über Land fahren: Wer Freiheit liebt und Einigkeit, der trinkt auch mal 'ne Kleinigkeit!

Dabei stelle ich fest, ich weiß nichts von Reginalds Vergangenheit, Umfeld, Sorgen und Nöten. Auch Bullen sind Menschen.

Also, was ist jetzt? Krieg ich die verdammte Liste oder krieg ich sie nicht?

Nennen Sie mir einen einzigen Grund, Herr Gaukler, warum ich interne Unterlagen an Sie als Privatperson herausgeben sollte?

Weil der Junge in Lebensgefahr schwebt, seitdem sein Gesicht, sein Name und sein Wohnort bekannt sind.

Langes, zähes Schweigen, das nur langsam bröckelt.

Ich höre, wie er denkt.

Wie er im Geiste eine meterdicke Loseblattsammlung nach der anderen wälzt.

Wie er Lücken im Gesetz sucht, um mir den Fetzen faxen zu dürfen.

Eine Stunde später rattert das Gerät in Ludwigs winzigem Büro. Absender ist nicht das Präsidium in der Ettstraße.

Absender ist *Rischarts* am Marienplatz, ein stark frequentiertes Kaffeehaus. Jede Menge Laufkundschaft, Touristen, Rentner, bessere Damen auf Einkaufstour.

Hier also hat Reginald seine Niederlassung. Vielleicht hat er am Kuchenbuffet seine persönliche Mutti. Ich gönn sie ihm von ganzem Herzen.

Nach dem Schälen von Millionen von Kartoffeln ziehe ich mich zurück.

Mit Klaras Laptop auf dem Bauch liege ich im Bett. Das Internet ist eine fantastische Einrichtung. Man findet alles.

Meine Spezialität ist das *Darknet.*

*Hidden Services.*

*Newzbin Search.*

*Hidden Wikki.*

Eine düstere Welt, in der man sich schlimm verlaufen kann.

Mehr sag ich nicht. Sonst kommt noch jemand auf Gedanken.

Die Reise beginnt.

# 31

Mein Zeigefinger fährt die Liste rauf und runter.

Ein Name fällt mir auf: Gerwin Lappe, Chef vom Münchner Chapter des Motorradclubs der Hells Angels. Übler Typ. Mehrfach vorbestraft wegen Körperverletzung. Verschiebt gestohlene Luxuskarossen in die Ukraine, nach Weißrussland, nach Litauen, bis ans Ende der Welt und auf den Mond, gäbe es dort Abnehmer.

Dazu braucht es kein Internet. Stand alles in der Zeitung.

Jedenfalls ist Gerwin verschwunden. Von einer Sekunde auf die andere, von einem Tag auf den anderen.

Ich vermute stark, von einer Nacht zur anderen. War erst sechsunddreißig.

Warum? Wieso? Weshalb? Was ist der Grund für seinen plötzlichen Abgang? Hat ihn die Konkurrenz entsorgt? War er den eigenen Leuten im Weg?

Bei den Angels herrschen raue Sitten.

Wollte Gerwin anständig werden, bürgerlich? Einen Bausparvertrag abschließen, auf ein Häuschen im Grünen sparen?

Oder hat er einem Kumpel die Botox-Bärbel ausgespannt – ein Eifersuchtsdrama?

Die Zehn-Millionen-Euro-Frage lautet also: Wer hat Gerwin Lappe verramscht?

Sein Name wird rot gemarkert.

Weiter gehts.

Schwayer, Alfred. Doktor der Schönheitschirurgie. Achtundfünfzig Lenze. Dauergast in der Klatschpresse, bei Empfängen, Vernissagen und Matineen. Verbandelt mit Stars und Sternchen, seiner halbseidenen Klientel.

Tina liest *Das Gelbe, Das Grüne, Das Goldene Blatt.* Steht deshalb mit dem Doktor auf Du und Du. Kennt seine Schuhgröße. Sein After Shave. Seine Beringung und Bereifung.

Hat er aus Übermut eine dritte Brust eingebaut?

Was hat Alfred bloß falsch gemacht?

Heinz Pongratz, sechsundvierzig Jahre. Fraktionsführer einer Partei im Bayerischen Landtag.

Ständige Medienpräsenz.

Gewaltiger Knödlfriedhof.

Kernig-katholisch-konservativ.

Ein Mann vom alten Schlag, wie ihn das Landvolk mag – sein talentfreier Wahlspruch.

Auf dem Sprung zu Größerem. War Lehrer. Wird also bald Kultusminister.

Wie heißt das in seinen Kreisen?

Freund, Feind, Parteifreund. Die Hure Politik, ein schmutziges Geschäft.

Aber gleich Mord?

Das sind kolumbianische Methoden.

Und Maria Krauß, neunundsiebzig, Inhaberin eines linken Verlages mitten in der Stadt, hoch angesehen und erst kürzlich in Berlin ausgezeichnet mit einem Staatspreis in Gold für ihr Lebenswerk.

Hat eine Biografie über Kurt Weill, den Komponisten der *Dreigroschenoper* verfasst. Unterstützte jahrzehntelang zornige junge Autoren bei der Suche nach Wahrheit und Wandel im Marxismus.

Was ist passiert mit der alten Dame?

Gerwin Lappe.

Alfred Schwayer.

Heinz Pongratz.

Maria Krauß.

Rot gemarkert und vermisst.

Vier Namen von achtundvierzig. Willkürliche Auswahl, aber zumindest ein Anfang.

Was verbindet sie? Wo ist der Zusammenhang? Wer hat ein Interesse daran, sie zu beseitigen?

Freimaurer? Illuminaten? Rosenkreuzer?

Katholiken? Protestanten?

Optimisten? Pessimisten? Bretterkisten?

Brillenträger? Hosenträger? Schornsteinfeger?

Quatsch.

Eine andere Frage ist, durch welche Personen wurden sie ersetzt?

## 32

Nachdem Doppel-Didi die Skorpione geklaut wurden, heckt er nun mit Rothändle eine neue Masche aus, um Geld zu machen.

Erst wollten sie einen Verein der Unterführungsfischer gründen.

Den gibt es aber schon. Bundesweit.

Das sind verrückte Kerle. Die hocken in ihrer Wohnung am Fenster und warten darauf, dass es regnet. Hats genug geregnet, packen sie ihre Angeln und suchen die nächste Unterführung.

Am beliebtesten ist die Paul-Heyse-Unterführung beim Hauptbahnhof. Gefragt sind auch der Bahntunnel beim Ostbahnhof oder die Leuchtenberg-Unterführung. Aber da gibt es die S-Bahn und viele große Autos.

Rothändle hat sich hierzu genauestens informiert.

Zuletzt kamen einige der mutigsten Unterführungsfischer ums Leben. Einen überrollte die S-Bahn nach Gauting, einen anderen erwischte ein Aldi-Truck. Der dritte, ein Fundamentalist, ist verhungert, weil kein Fisch anbeißen wollte.

Am Isarstrand bei Bad Tölz hat man ein Denkmal für sie errichtet aus stilisierten Angelruten.

Das alles ist Doppel-Didi und Rothändle natürlich zu gefährlich.

Darum haben sie eine neue Idee entwickelt. Mit im Boot ist Tina Blattert, die als Wurstverkäuferin Fleisch und Schinken beisteuert sowie als Quotenfrau in die aufwendige Versuchsanordnung eingepasst wird.

Es geht um nichts Geringeres als ein sicheres Mittel gegen den Kater am Morgen; gegen den sogenannten Morbus Edelstoff.

Eine große, eine schwierige, eine fachübergreifende Aufgabe auf Dezennien hinaus.

Tina hat es Sepp Doll mit einfachen Worten zu erklären versucht.

Es ist so: Man hat den Analverkehr der Fruchtfliegen erforscht. Man weiß, warum die Gletscher schmelzen. Man hat Menschen auf den Mond geschickt. In Berlin bauen sie noch die nächsten zwanzig Jahre an einem Flughafen, der dann nur aus der Luft erreichbar ist. In Stuttgart versucht man gerade, einen Bahnhof unter die Erde zu bringen.

Ist er gestorben?, fragt Sepp Doll.

Noch nicht, sagt Tina, aber er liegt in den letzten Zügen.

Ist ja auch ein Bahnhof, folgert Knilli.

Warum aber, sagt Tina, der Mensch das Bier und den Schnaps und den Wein so schlecht verträgt, kann bis heute keine Sau erklären. Es ist also hoch an der Zeit, sich diesem Thema zu widmen, die Probleme zu ergründen und ein für alle Mal eine praktikable Lösung herbeizuführen.

Ui, sagt Sepp Doll begeistert.

Wir müssen, sagt Tina ernst, sehr viel trinken, von jedem Getränk. Auch wenn es uns Überwindung kostet. Und am anderen Tag mit Konterbier, mit Reparatur-Drinks und Bloody Mary dagegenhalten.

Wo steckt die blöde Mary?, fragt Sepp Doll.

Bloody Mary ist ein Getränk, Sepp.

Ach so. Kann beim Trinken jeder mittun?

Jeder, Sepp.

Dann will ich auch mittun.

Musst aber selber bezahlen, bremst Ludwig, der Schlimmes befürchtet.

Dann mag ich nicht, sagt Sepp Doll, legt sein Gebiss auf den Tisch und nickt ein.

Frisch ans Werk gehen sie am Abend, als ich nach meinen Internet-Recherchen am Stammtisch lande.

Viel herausgekommen ist bei meiner Suche bisher nicht.

In Gerwin Lappes Fußstapfen tritt Reinald Krebs bei den Hells Angels. Für Dr. Schwayer rückt ein gewisser Dr. Rudolf Pfahler nach. Der Abgeordnete Gerd Gredinger aus derselben Partei ersetzt Heinz Pongratz. Und die gelernte Buchhändlerin Petra Haberlander übernimmt den Verlag von Maria Krauß.

So weit, so unklar. Mit den Namen kann ich nichts anfangen.

Reinald Krebs ist der gleiche gewaltbereite Dummkopf, wie Lappe es gewesen ist.

Dr. Rudolf Pfahler war Kurarzt auf Sylt. Ein weitgehend unbeschriebenes Blatt.

Der Abgeordnete Gerd Gredinger stammt aus Harlaching und ist wie sein vermisster Parteifreund Heinz Pongratz dem konservativen Flügel der Partei zuzurechnen.

Lediglich Petra Haberlander deckt eher den rechten Rand des Buchsortiments ab, im Gegensatz zu Maria Krauß mit ihren linken Publikationen.

Was verbindet die vermissten Personen miteinander? Was verbindet die Nachrücker miteinander? Und – schließlich und endlich – was verbindet die vermissten Personen ihrerseits mit den Nachrückern?

Es muss eine Organisation geben, die all diese Dinge steuert und die Fäden zieht. Davon bin ich felsenfest überzeugt.

Aber ich habe, verdammt noch mal, keinerlei Beweise.

*Twinkle, twinkle, little star, point me to the nearest bar!*, sage ich grimmig und gönne mir aus lauter Verzweiflung einen weiteren Edelstoff samt Bauerntrank.

Denkstoff fürs Gehirn.

Ich zermartere mir die Birne, während Sepp Doll in

der Rentner-Bravo blättert und der neue Verein *KaterTod* Escorial grün auf ex kippt. Tina gibt sich mit Blutwurz aus dem Rottal die Kante. Irgendwann kriegt sie den Moralischen und verlangt die Scheidung von sich.

Ludwig kassiert nach jeder Runde sofort ab.

Wenn ich groß bin, werde ich Diktator, sage ich, da hab ich überall Spitzel und Spione.

Rothändle verwickelt mich in ein Gespräch zur Frage, ob Weißwein bekömmlicher ist als Rotwein, oder ob Whiskysäufer weniger anfällig sind für einen Kater als Wodkatrinker.

Dann fordert er mich auf, 50 Euro beizusteuern für den Verein zur Erforschung der Anti-Kater-Pille, kurz *KaterTod* genannt. Mitgliedschaft kann beantragt werden. Spendenquittungen am Jahresende.

Ich lehne großzügig ab.

In diesem faden Moment zwischen Geisterstunde und Morgengrauen steht plötzlich Lieselotte da.

Stille kehrt ein.

Ein Wahnsinnsweib. Größer als ich. Breit und schlank zugleich. Schwarzes Haar. Schwarze Jeans 'n' Boots. Schwarzes AC/DC-Shirt. An jedem Finger einen Ring. Schwarz.

Alles schwarz.

Hoffentlich ist ihre Seele nicht auch noch schwarz.

Ich glaube, es gibt Krieg – mein Säbel juckt, denke ich.

Du Scheißkerl, sagt sie. Seit gestern warte ich auf dich.

Hab verschlafen.

Kriegt dein Hirn eigentlich Arbeitslosengeld?

Warum sagst du das? Vor meinen Freunden?

Hinter mir kichert einer. Das ist Rothändle, der verdammte Alkohologe.

Wird nach Rückkehr devitalisiert.

Lieselotte geht zur Tür.

Komm endlich, wir haben nicht ewig Zeit.

Sie fährt einen funkelnagelneuen Mustang. Rote Seitenstreifen. Ledersitze. 6-Gang-Schaltgetriebe. Der Sound ein höllisches Gewitter.

305 PS, sagt sie.

Ich glaubs glatt.

Damit ist die Unterhaltung eröffnet.

Woher weißt du, dass ich dich besuchen will?, frage ich.

Von Harry, sagt sie und schaltet in den fünften Gang.

Der gute alte Harry. Immer einen flotten Spruch auf den Lippen, sage ich.

Gut war Harry früher. Heute ist er nur noch alt, wenn du verstehst, was ich meine.

Du warst seine Flamme?

Das ist lang vorbei.

Erzähl mir von den alten Zeiten, Lieselotte.

Später. Harry sagt, die Abreibung für den Pfarrer war ein Fehlgriff.

Mea culpa. Hab mir sein Sakko und den Betonkragen ausgeliehen. In der Tasche war dieses Bildchen mit der Heiligen Maria.

Genau. Und die Adresse der Pfarrei hinten drauf. Wie kann man nur so dämlich sein?

Man gibt sein Bestes.

# 33

Hugo Schädel ist ebenfalls ein Fehlgriff, sage ich, als wir in ihrem Loft in Haidhausen auf der schwarzen Ledercouch vor schwarzen Wänden Platz nehmen. Es gibt schwarze Erdnussflips und einen rabenschwarzen Caribbean Nightmare, den ich vorläufig nicht anrühre.

Langsam wird mir Lieselotte unheimlich.

Wieso?, will sie wissen.

Hugo arbeitet für die Bösen.

Kannst du es beweisen?

Kann ich nicht.

Das denk ich mir, sagt sie, leert ihr Glas, schenkt nach.

Was ist eigentlich mit deinem Handy los?, fragt sie nach einem schönen Schluck.

Was soll damit sein?

Statt einer Antwort bittet sie mich, das Mobile auf den Tisch zu legen.

Einfach so, sagt sie.

Daneben platziert sie einen Kugelschreiber. An seiner Spitze leuchtet etwas.

Was ist das?, frage ich.

In diesem Ding steckt ein Funkdetektor, der fremde Signale aufspürt. Sobald das Lämpchen glimmt, versucht ein fremdes Gerät, dein Handy zu orten. Schau nur.

Tatsächlich, der verdammte Kugelschreiber leuchtet.

Nimm die SIM-Karte raus, sagt Lieselotte.

Ich entferne den Chip, stecke ihn in die Tasche.

Schau nur, der Kugelschreiber leuchtet wieder.

Ganz gleich, ob du telefonierst, ob das Gerät abgeschaltet ist, ob die Karte fehlt: Dein Mobiltelefon kann allüberall auf dem Planeten geortet werden, sagt Lieselotte sanft.

Ich bin sprachlos. Das hätte ich diesem Wahnsinnsweib niemals zugetraut.

Und für was das alles?, frage ich, obwohl ich ahne, worauf es hinausläuft.

Man will wissen, wo du dich rumtreibst, was du machst, was du tust, mit wem du sprichst.

Eine Weile fehlt mir die Antwort. Wer hat einen Nutzen davon, mich zu orten? Mich zu finden?

Ich bin ein arbeitsloser Schlucker.

Wer, um alles in der Welt, hätte einen Vorteil davon, mir in die Suppe zu spucken?

Gegen Schläger weiß ich mich zu wehren. Auch Ladendiebe und Autoknacker schrecken mich nicht. Einbrecher schlage ich in die Flucht. Im Finstern muss ich nicht pfeifen.

Und bisher habe ich noch jeden zerhackt.

Diese feige, hinterfotzige Überwachungskacke aber macht mich fix und fertig.

Wenn so die Zukunft meines Berufes aussieht, ziehe ich zu den Kartoffeln in den Keller.

Wer will das alles wissen?, frage ich einigermaßen hilflos.

Du bist der Detektiv, Valentin. Finde es heraus, sagt Lieselotte und reicht mir ein neues Smartphone.

Eine Leihgabe. Abhörsicher. Schmeiß das alte weg. Oder besser: Steck den Chip wieder rein. Lass das Ding angeschaltet und deponier es in einer Restmülltonne. Wird der Dreck abgeholt, sucht man dich auf der Müllhalde in Großlappen.

Du bist ein sagenhaftes Checkerbunny, entfährt es mir ungewollt. Aber es stimmt. Lieselotte hats drauf.

Kann man bei dir noch einsteigen?, frage ich.

Erzähl mir was von dir, sagt sie im Sinne eines vorweggenommenen Einstellungsgespräches. Woher kommt zum Beispiel dein ulkiger Familienname, mein Freund?, sagt sie und nippt am Nightmare.

Der Name Gaukler geht zurück ins 17. Jahrhundert. Der Opapa hats rausgefunden. Die Gaukler waren fahrendes Volk, reisten über Land, was damals nicht ungefährlich war. Sie traten als Seiltänzer bei Jahrmärkten auf. Einer war Schwertschlucker, ein Jongleur kam bis nach Damaskus, und ein anderer aus der Sippe der Gaukler war ein berühmter Degenfechter, der große Schaukämpfe bestritt. Er focht gegen fünf Gegner gleichzeitig – und legte alle aufs Kreuz! Später wurde der Clan der Gaukler dann ruhiger und sesshaft.

Eltern?

Vater früh verstorben, Mutter vor ein paar Jahren.

Geschwister?

Wird das ein Verhör, Lieselottchen?

Nein. Es handelt sich um Interesse. Pures Interesse an einem fast attraktiven Mann.

Naja, hab einen Bruder. Heißt Gabriel. Vier Jahre jünger als ich. Ebenfalls privater Ermittler. Hab ihn lang nicht mehr getroffen.

Wieso?

Hat beim Tod meiner Mutter ziemlichen Mist gebaut. Ist eine lange Geschichte. Hat auch was mit Saufen und Kohle zu tun. Das Übliche halt.

Und jetzt?

Soviel ich weiß, nimmt er nur die großen Fälle an. Mord, wo die Polizei nicht weiterkommt; Rückholung widerspenstiger Kinder aus dem Ausland, solches Zeug.

Die spektakuläre Rückholung der millionenschweren, mit Smaragden und Brillanten besetzten Eschenrieder Spange aus dem Hause Wittelsbach? War das dein Bruder Gabriel?

Naja – ja.

Höre ich da Neid heraus?, sagt Lieselotte mit Samt in der Stimme.

Du hörst jetzt bald überhaupt nichts mehr von mir, du Dummtorte.

Wir stehen auf. Ich will fort. Mit Liesl bin ich fertig.

Setz dich, sagt sie sanft und legt mir ihre kühle Hand auf die Schulter.

Bitte, Valentin.

Als höflicher Mensch hocke ich mich wieder hin.

Eigentlich bist du ein netter Kerl. Ich könnte dich vielleicht sogar mögen.

Wie süß, meine sexy Zuckerschnecke.

Lass mich ausreden. Ist dir nie aufgefallen, dass du mit deinen Gockeleien, deinen sexistischen Anspielungen und dem ewigen Machogehabe bei keiner Frau mehr Eindruck schinden kannst? Das ist so was von oldschool, ist das. Du kommst mir vor wie dieser Politiker, der zu der Journalistin sagt, sie passe gut in ein Dirndl hinein. Wie hieß der noch gleich?

Schwesterle.

Und jetzt? Schau dir den Kerl an. Schau ihn dir genau an. Der Mann ist fertig. Käsig im Gesicht, gebeugte Haltung, leise Stimme. Weg vom Fenster. Willst du so enden, Valentin Gaukler, mit deinen öden Sprüchen? Willst du das wirklich?

Nein.

Hab nix verstanden.

Nei-in!, brülle ich und verlasse die Wohnung. Ihr höhnisches Gelächter schrillt hinter mir her.

In meiner grenzenlosen Einsamkeit nimmt Klara Imhof mich auf.

Frika pennt, der Nudel ist unterwegs.

Wir sind allein.

Ich will keinen Sex, sage ich. Ich will reden.

Dann mach ich erst mal Kaffee, sagt sie und wirft die Maschine an. Während die Brühe läuft, erzähle ich von dem Gespräch mit Lieselotte.

Kluge Frau, sagt sie und stellt Becher auf den Tisch. Es ist 3.00 Uhr früh, aber das macht nichts. Nachdem ich mir die Zunge verbrüht habe, will ich eine Antwort.

Sags mir, Klara: Bin ich wirklich so ein Gesichtsgünter mit meinen Sprüchen.

Manchmal ist es schon krass, sagt sie.

Manchmal? Wann manchmal?

Wenn du Frauke mit Sachen wie optischer Beischlafschutz belegst. Oder Tina Blattert zur Trümmertrude machst.

Hab ich nie.

Wenn du von Rothändle sagst, er habe lediglich das Laubsägediplom.

Hab ich das gesagt?

Hast du. Oder wenn du den armen Doppel-Didi als Honk bezeichnest.

Das ist doch lieb gemeint von mir.

Glaubst du wirklich, er weiß nicht, was das zu bedeuten hat?

Was denn?

Hauptschüler ohne nennenswerte Kenntnisse, bedeutet das. Und Doppel-Didi weiß es. Der ist nämlich nicht halb so blöd, wie du ihn hinstellst.

Wir schweigen. Sie schlägt das Bett auf.

Komm zu mir, mein Kleiner.

Ach Klara, ich bin so ein dummer Bub.

Deine Sprüche, lieber Valentin, sind überflüssig wie ein Fundbüro in Polen.

Wir tauchen ab in die heiße Welt der Lüste, der schmutzigen Worte und der herrlichen Perversionen.

Ich erwache, weil Klara mich am Ohr kitzelt.

Ich muss weg, sage ich.

Du warst doch neulich mit Edda auf der Bank, Valentin?

Sparkasse, Klara, auf der Städtischen Sparkasse war ich mit Edda.

Von mir aus. Da habt ihr das Geld aus dem Koffer von Katzen-Lore prüfen lassen. Anschließend hat man nichts mehr gehört. Das ist seltsam.

Was ist daran seltsam? Ich habe das Geld in Verwahrung genommen. Bei mir ist es sicher, und Lore Frenz ist mit der Regelung einverstanden.

Ich frage mich, was aus der Kohle geworden ist? Hast du es mit der süßen Edda verjuxt?

Ich steige in meine Hosen, springe in die Boots.

Das würdest du mir tatsächlich zutrauen, du Hüterin meiner Lenden?

Ich würde dir sogar noch mehr zutrauen, nämlich, dass ein richtiger Batzen Geld geblieben ist, mit dem du deine berufliche Zukunft aufs Feinste planen kannst, mein geliebter Valentin. Und wir anderen gehen leer aus. Dabei bräuchte Friedrich Karl Alexander dringend eine neue Prothese für seinen Arm. Damit er endlich Trompete lernen kann. Geeignete Prothesen gibt es bereits ab 11.000. Gib mir 11.000, und ich rede nicht mehr drüber.

## 34

Ich hocke bei Ludwig und starre auf mein irisches Frühstück – Kerrygoldbutter samt einer Flasche Whiskey. Doch der Appetit ist mir vergangen. Mein Magen ist wie zugenäht. Zuerst Lieselotte. Dann Klara.

Was kommt als Nächstes?

Ich verkaufe, sagt Ludwig in die brüchige Stille hinein.

Was?

Ich habs dermaßen satt, Valentin. Die Arbeit, die langen Nächte, der ganze Ärger. Ich verkaufe den *Ochsen*.

Hab ich das richtig verstanden? Du verkaufst den *Ochsen*?

Hast du.

An die Erweckten?

Warum nicht? Einer ist so gut wie der andere.

Du gibst also auf?, sage ich enttäuscht.

Wenn du so willst, ja, sagt er und schleppt Edelstoff heran.

Und an uns denkst du wohl gar nicht?, sage ich nach einem Schluck.

Schon.

Aber?

Zuerst muss ich an mich denken, Valentin. Ich werde bald fünfundsiebzig Jahre alt sein. Da ändert sich manches. Aber das verstehst du nicht.

Die Antwort bleibt mir erspart, denn Klara platzt herein. Das dünne Kleidchen weht um ihren üppigen Körper wie die Fahne der Jungfrau von Orleans.

Kommt mit, schreit sie und ist weg. Wir hasten hinterdrein. Dann sehen wir den Schlamassel.

Über ihrem Nail-Service-Shop hängt ein Schild:

NAGEL-SERVICE

WACHSEN UND WIMPERN

Der Text ist von grober Hand überschmiert:

*Fick-Servis*

*Wichsen und Pimpern*

Klara kriegt den Schreikrampf. Ich kann sie halten, bevor sie zu Boden stürzt.

Wann ist das passiert?, fragt Ludwig.

Heute Nacht.

Und wer?, frage ich.

Ich weiß es doch auch nicht, keucht sie.

Wieder sinkt sie weg, liegt in meinen Armen. Ich stütze sie. Wir gehen zurück in die Gaststube, wo sie auf einen Stuhl fällt.

Ludwig bringt Bauerntrank und etliche Gläser. Klara kippt drei Doppelte auf ex. Mit glasigen Augen sinkt sie zurück.

Sie ist fertig mit der Welt.

Ich schnappe mir eine Leiter und nehme das Schild ab. Der Nailshop wird ein paar Tage ohne Werbung auskommen müssen.

Siehst du, sagt Ludwig, als ich zurückkomme. Sie machen uns fertig. Erst die schlechten Sachen in der Zeitung über den *Blauen Ochsen,* damit die Gäste wegbleiben. Und jetzt das mit Klaras Laden. Das ist kein Zufall. Ich verkaufe, Valentin.

Am 30. Februar vielleicht, sage ich grimmig. Du darfst nicht aufgeben, Ludwig. Niemals. Ich kann mir nicht vorstellen, dass du zuschaust, wie man den *Blauen Ochsen* niederreißt, um daraus noble Eigentumswohnungen und Szene-Locations zu überhöhten Preisen für den Münchner Trash-Adel zu machen. Ich kann mir nicht vorstellen, dass der aufrechte Gastwirt Ludwig Hinterhalter, einer von den Guten, dieser obszönen Sauerei zustimmen würde. Das will einfach nicht in meinen Schädel.

Ludwig ignoriert mich tapfer.

Sein Blick schweift in die Ferne. Landet auf einer Insel im Ägäischen Meer.

Hellas.

Akropolis.

Blaue Häuser mit weißen Wänden.

Blaues Meer mit weißen Stränden.

Pans Flöte statt Giesinger Blaskapelle.

Griechischer Wein statt Edelstoff und Bauerntrank.

Ewiger Frühling.

Ich kenne es nur allzu gut, Ludwigs Lieblingslied, das die alte Jukebox im Eck der Gaststube tagaus, tagein voll Fernweh summt und brummt:

Und irgendwann bleib ich dann dort, lass alles liegen und stehn, geh von daheim für immer fort.

## 35

Manche Dinge ändern sich nie.

Dazu gehören das Wetter, die Ebbe im Beutel und bittere Wahrheiten. Zu den bitteren Wahrheiten gehört die Unruhe des menschlichen Geistes.

Man könnte sagen, diese Unruhe sei keine bittere Wahrheit, ich jedoch weiß es besser.

Ich wälze mich des Nachts auf meiner Matratze hin und her und bohre in meinem Schädel herum, zerfetze das Kopfkissen und kann dennoch keine Lösung finden.

Für das Problem aller Probleme.

Dreimal hab ich den Stammtisch befragt. Sogar die Unterführungsfischer versuchte ich zu interviewen.

Sie sind fortgeschwommen.

Siebenmal wollte ich zu einer Wahrsagerin gehen, bin aber nur bei Lore Frenz unterm Dach gelandet. Hab sogar die Katzenviecher gefragt.

Eliana, Leyla und Salome haben mich schlichtweg ignoriert.

Stromboli war gnädiger. Hat mir ans Bein gepinkelt. Auch eine Antwort.

Die Frage ist: Wie bringe ich Ludwig dazu, den *Blauen Ochsen* in der Admiralstraße zu erhalten? Die Wirtschaft und das dazugehörige Gebäude?

Man könnte einen Pächter auftreiben. Einen Koch. Küchenpersonal. Zwei grantige bayerische Bedienungen im feschen Dirndl, das sie auch ausfüllen – welch eine Wonne.

All das lässt sich organisieren und einrichten, wenn Ludwig das nur will. Ein simpler O-Ton Süd, ein keuscher Augenaufschlag genügt, und es geschieht wie von Zauberhand.

Und den Schmelzle, diesen Fußatmer, verwurste ich persönlich zu Hackfleisch.

Doch Ludwig, der knorrige alte Kerl mit dem Lottogebiss, will ums Verrecken verkaufen.

Er will tatsächlich *verkaufen*.

Das ist der Sachstand, als ich auf die Schüssel muss, um zu denken. Ich denke gern auf der Schüssel.

Dann passiert es.

Anale Ejakulation. Explosionsartiger Dünnpfiff, der so richtig in die Schüssel brüllt.

Mein Darm.

Meine Schwäche.

Mein Schicksal.

Zum Glück gibts Klopapier. Für die einen ist es nur Klopapier, für die anderen ist es die längste Serviette der Welt.

Ich bin nun mal keine eierlegende Vollwildsau.

Oder wie das immer heißt.

Keiner ist vollkommen.

Nicht einmal der liebe Gott.

Mein Blick richtet sich zum Balkensepp, der bei mir auf dem Klo hängt.

Jesus, hilf mir. Was soll ich tun?

Er schweigt. Vielleicht kennt er nur Katholiken und keine Erweckten. Vielleicht ist er längst ausgewandert. Ich verstehe den Burschen.

Wäre Jesus katholisch gewesen, wäre er längst aus der Kirche ausgetreten, so viel steht für mich fest.

Zurück auf der einsamen Matratze geht die Suche nach einer Lösung von vorne los.

Um zehn nach zehn werde ich wach.

Klara Imhof sitzt auf dem einzigen Stuhl in meiner Bude. Sie hält ein Blatt in der Hand. Stumm reicht sie es mir, laut lese ich.

Ich suche eine Leerstelle, steht da.

Sonst nichts.

Wir blicken uns an. Klara weint. Ich bitte sie zu mir ins Bett, und wir reden eine Stunde.

Über Frika.

Er ist jetzt vierzehn und einhalb, sagt sie. Er muss endlich was lernen und sich eine Arbeit suchen.

Was mag er denn machen?, frage ich mit wenig Hoffnung in der Stimme.

Trompeter will er werden – Trompeter, kannst du dir das vorstellen, Valentin: Trompeter?

Nicht wirklich.

Ein Trompeter muss zwei Arme haben, zwei Hände. Frika hat einen und einen halben Arm, eine Hand und sonst nichts.

Doch, sage ich. Er hat eine Prothese.

Aber die ist alt, schluchzt Klara in meinen Armen. Die ist alt und reicht nicht für eine Fingerfertigkeit, wie sie ein Trompeter braucht.

Muss es denn unbedingt Musik sein?, frage ich.

Er ist ganz verrückt danach, sagt Klara.

Dirigent wäre was.

Nein.

Flöte.

Nein, Valentin. Frika will Trompete spielen. Und weil das nicht geht, muss er seinen Lebensunterhalt eben mit einem anderen Beruf verdienen.

Lagerist, sage ich.

Hab ich auch schon gemeint. Aber er mag nicht. Vielleicht könntest du mit ihm reden, das wäre sehr lieb von dir, lieber Valentin Gaukler, sagt Klara und taucht unter meine Bettdecke.

Eine halbe Stunde nach dem Tauchgang, einer heißen Dusche und einem saftigen Frühstück, gesponsert von Klara Imhof, hockt Friedrich Karl Alexander vor mir.

Der hoffnungsvolle junge Musikaspirant schaut mich mit schrägen Augen an, kaut auf seinen Fingernägeln herum und versucht seine Dreadlocks unter die Jamaikahaube zu bringen.

Dass ihm die Jeans halb unter den Arschbacken hängen, sieht man jetzt nicht. Außerdem fehlen die Schnürsenkel in seinen Turnschuhen.

Wenigstens trägt er keine Bomberjacke und schwarze Springerstiefel mit weißen Schuhbändern.

Ich halte ihm das Papier unter die Augen.

Was ist das?

Bewerbung, sagt er dürr.

Lies mal den ersten Satz.

Ich suche eine Leerstelle. Was ist daran falsch?

Es fehlt ein H.

Ein H?

Ja. Ein H.

Frika dreht sich weg.

Ich bin Musiker. Da brauch ich keine Rechtschriftung. Aber das kapiert Mama nicht.

Rechtschreibung, will ich sagen, schlucke es herunter.

Ok. Du bist Musiker. Musiker lernen Noten. Sie lernen Noten, um Trompete zu spielen.

Du hast es geschnallt, Alter.

Musiker spielen in einem Orchester, in einer Band.

Genau, Mann.

Frika ist ganz aufgeregt. Jetzt hab ich ihn.

Eine Band hat aber in ihrem Repertoire nicht nur Instrumentalstücke.

Sondern?

Eine Band, die Erfolg haben will, die was hermachen will, bei den Mädels, du weißt schon, braucht dazu auch Lieder.

Klar Mann. Lieder sind geil.

Lieder brauchen Texte.

Ja.

Was?, sage ich.

Ja, sagt Frika leiser.

Um Texte zu haben, muss man richtig schreiben können. Hast du das bis hierher verstanden?

Ja, sagt Frika noch leiser.

Ich mache dir einen Vorschlag, sage ich und genehmige mir ein letztes Gürkchen zum Edelstoff.

Frika verbeißt sich in den Fingernägeln.

Mein Vorschlag lautet, ich helfe dir beim Schreiben, und du zeigst mir, auf welcher Baustelle du diese Geschichte mit den Männern im Beton erlebt hast.

Nein, sagt er, da mag ich nicht mehr hin.

Auch gut.

Ich stehe auf, gehe zur Tür. Langsam.

Er kommt mir nach, zupft mich am Ärmel, zieht mich zurück auf meinen Platz.

Wie soll das gehen?

Was meinst du?

Soll ich was abschreiben? Oder diktierst du mir? Oder wie soll das ablaufen? Und vor allem, wie oft?

Du hast also drüber nachgedacht?, sage ich.

Bildung ist wichtig.

Alles, was du brauchst, findest du in Büchern.

Quatsch, Valentin. Bildung kommt von Bildschirm und nicht von Buch, sonst hieße es Buchung.

Ich sags ja, sage ich, das kommt von zu viel Primatfernsehen am Nachmittag.

Immerhin bin ich nicht blöde, wenn du das meinst.

Wenn ich meinen würde, du bist dämlich, würde ich nicht hier sitzen. Wir treffen uns zweimal die Woche. Hier. Nach dem Frühstück. Keine Ausreden, Frika. Sonst ist es vorbei mit meinem Hilfsprogramm. Schlag ein.

Friedrich Karl Alexander Imhof wischt sich die Hand an seiner Jeans ab und schlägt ein.

Und jetzt zu unserer kleinen Abenteuerreise auf die Baustelle, sage ich.

Wann?, fragt er.

1.00 Uhr heute Nacht. Kein Wort zu Mami. Hast du verstanden, Frika? Kein Wort zu deiner Mutter oder sonst wem.

## 36

Am Nachmittag bin ich bei Theo Birk. Sein Gesicht ist immer noch verschwollen, aber lesen kann er wenigstens wieder. Schreiben sowieso.

Hast du deine Predigt fertig?

Welche verdammte Predigt?, fragt er angesäuert. Ich verstehe ihn so gut.

Die Predigt mit dem zerronnenen Sohn.

Interessierst du dich für meine Predigten, Valentin Gaukler, oder treibt dich dein kaputtes Gewissen hierher?

Theo, ich sags mal so –

Beichte, du Ausgeburt der Hölle.

Ich kenne diesen Ton bei ihm, es ist ein Relikt aus seiner Karl-May-Ära. Hat alle verdammten neunzig oder hundert Bände gelesen.

Aber das ginge ja noch.

Denn auch sämtliche Gedichte des Großschriftstellers hat sich Theo reingezogen.

Das Ergebnis war furchtbar.

Komm mit, komm mit und folge mir;
ich führe dich so gern, so gern.
Ich zeige und erkläre dir
die ganze Welt von Stern zu Stern.

Lauter so Zeug. Wie gesagt, es war entsetzlich.

Erst als Theo in der Religion versank, legte sich Karl Mays Fieber.

Also?, sagt er.

Entschuldige, sage ich.

Damit ist die Sache erledigt.

Danke, Theo, sage ich und will fort.

Nur noch eins, Valentin. Ich werde dir nie, nie, nimmermehr eine Jacke, ein Sakko oder einen Kragen von mir ausleihen, und wenn du nackt unter der Grasnarbe zu mir kommst. Ich wollte die Situation bei diesem Chefredakteur lediglich etwas deeskalieren mit deiner Kluft.

Das hast du ja auch geschafft. Aber anders als gedacht. Zur Strafe betest du fünfundzwanzig Vaterunser.

Kann ich nicht.

Wieso denn nicht?

Vergessen.

Hast du vergessen, dass wir das Vaterunser beim Onanieren zig Mal vorwärts und rückwärts aufgesagt haben?

Damals im Landschulheim? Das hast du vergessen? Das glaubt dir doch im Leben kein Schwanz.

Warum wurde Onan nicht in die Schar der Heiligen aufgenommen?, lenke ich das Gespräch in seichtere Gewässer. Onan war eine ehrliche Haut. Gott wollte ihn zum Beischlaf mit seines Bruders Weib zwingen. Darum hat die arme Sau mit seinem Saft den Erdboden gedüngt. Oder hast du das verdrängt, Heiliger Mann?

Was hat denn Onan mit deiner Buße zu tun?, sagt Theo.

Es gibt Dinge zwischen Himmel und Erde, sage ich.

Dann betest du eben vierzig Gegrüßet seist du Maria voll der Gnaden. Das wirst du ja noch schaffen.

Heil dir, Theo, nicke ich gehorsam und schleiche auf stillen Wegen aus dem Heiligen Haus.

## 37

Schließlich bin ich bei Katzen-Lore zum Kaffee. Sie habe mir Wichtiges mitzuteilen, hat Sepp Doll bei meinem Eintreffen am Stammtisch gesagt.

Jedenfalls ist mir Katzen-Lore unterm Dach lieber als der grölende Haufen vom Aktionsbündnis *KaterTod,* der sich am Nebentisch in der Gaststube zum feuchten Dämmerschoppen versammelt.

Die eine Hälfte ist bereits angedudelt. Dazu gehören Frauke und Knilli, das Triefauge. Die andere Hälfte ist bereits voll auf Kante. Dazu gehören – wen wunderts – Doppel-Didi und Rothändle.

Das wird ein lauter, ein gar böser Abend werden. Ich frage mich, wie lange Ludwig das durchhält.

Bei Lore ist es gemütlich. Die Katzen sind weggesperrt, die Fernbedienung für die Glotze liegt an ihrem Platz. Dennoch zieht Lorchen eine Schnute.

Ich habe Sorgen, Herr Kommissar.

Ich warte, nippe am Kaffee und verdrücke einen Bahlsenkeks mit Schokofüllung. Sind gut, die Dinger, da lässt sich Lore nicht lumpen.

Man hat mir hinterbracht, es gäbe in diesem Hause eine konspirative Vereinigung.

Eine was?, sage ich.

Eine Verschwörung, Herr Kommissar.

Eine Verschwörung? In unserem Haus?, sage ich und kau den Keks.

Ja, Herr Kommissar. Es handelt sich um Konspirateure und um Konspirateurinnen.

Offenbar gefällt ihr das Wort »Konspiration«, also spiele ich das Spiel mit.

Was machen die Konspirateure und Konspirateurinnen?, frage ich und lege einen verschwörerischen Ton in meine konspirative Stimme.

Man weiß es nicht genau, sagt Lore gepresst. Aber soviel ich heraushören konnte, geht es um einen dreifachen Mord.

Mich leckst am Arsch, Herr Abt!, entfährt es mir.

Ja, um dreifachen Mord, Herr Kommissar. Das Stichwort lautet: Katzentod.

Sie meinen Katertod?

Das macht keinen Unterschied.

Sind Sie auch ganz sicher, Frau Frenz?

Ganz sicher, Herr Kommissar.

Wenn das so ist, was schlagen Sie vor?

Wir müssen Eliana, Leyla und Salome verstecken.

Und Stromboli?, sage ich.

Das ist ein Kater. Der ist auch in Gefahr, aber nicht so arg. Der kann sich wehren.

Gut. Sie haben sicher schon einen Plan.

Habe ich. Wir fahren nach Duisburg.

Duisburg?, sage ich.

Ja, Duisburg.

Warum ausgerechnet Duisburg?, frage ich.

Warum nicht Duisburg? Duisburg ist gerade so gut wie jede andere Stadt, sagt Lore Frenz.

Das stimmt, sage ich.

Wir packen Eliana, Leyla und Salome ein und fahren sofort los.

Das geht nicht, sage ich mit Schweißperlen auf der Stirn, weil ich an Frika und unser nächtliches Treffen denken muss.

Warum denn nicht?, fragt Lore.

Wer passt auf Stromboli auf?

Klara.

Klara Imhof? Niemals. Klara hasst Stromboli.

Klara Imhof hasst Stromboli? Das wird ein Nachspiel haben, sagt Lore grimmig.

So schlimm ist es nicht. Aber dennoch.

Vielleicht Sepp Doll.

Der kommt die Treppen nicht mehr rauf, sage ich.

Oder Herr Hinterhalter.

Ludwig muss sich um die Gäste im Lokal kümmern. Der vergisst Stromboli als Erstes.

Ja, sagt Lore. Stimmt. Es ist zum Verzweifeln.

Halten wir fest: Es handelt sich offenbar um eine Konspiration, sage ich. Eine geheime Sache, vielleicht eine Verschwörung, vielleicht auch nicht, man weiß es nicht. Verschwörungen hat es zu allen Zeiten gegeben; Verschwörungen wird es immer geben.

Glauben Sie, Herr Kommissar?

Ja, das glaube ich. Daher schlage ich vor, wir warten ab, wie sich die Konspiration entwickelt. Ich werde diese Sache genauestens im Auge behalten und eventuell weiter nötige Nachforschungen anstellen. Und Ihnen umgehend berichten, Frau Frenz.

Sehr gut, Herr Kommissar.

Man kann zwar nicht alle Zufälligkeiten und Wagnisse berücksichtigen, zumal bei einer so gefährlichen Konspiration, wie Sie sie aufgedeckt haben, verehrte Lore. Dennoch bin ich guten Mutes, dass wir es mit vereinten Kräften schaffen können.

Sie sind ein Held, Herr Kommissar.

Wenn Sie das sagen, Lore.

Leichten Herzens wende ich nun meine Schritte zur Tür.

Lores düstere Miene ist verflogen.

Noch etwas, sagt sie.

Was denn noch?, frage ich im Abgang.

Herr Hinterhalter war heute mit mir beim Notar. Er hat das Haus samt Gaststätte verkauft.

Verkauft? An wen?

An mich. Für fuffzig Mäuse. So hat er es genannt: fuffzig Mäuse für die Hütte. Der Notar hat es zwar nicht verstanden. Aber Ludwig hat es getan.

Feigling, murmele ich und setze mich. Lore Frenz wirkt gefasst.

Ich verstehe das nicht, sage ich.

Was verstehen Sie dabei nicht, Herr Kommissar?

Alles – einfach nichts.

Sehen Sie, Herr Kommissar, Lore Frenz legt dabei ihre wunderschönen Hände gefaltet in den Schoß, Ludwig Hinterhalter und ich, wir waren einst ein Paar. Wir dachten an Heirat, an Familiengründung, an Kinder. Doch leider kam es anders. Als Klara zur Welt kam, ging Ludwig fort. Später hat er mir erklärt, er konnte die Verantwortung für mich und das Kind nicht ertragen. So ist er abgehauen. Ich weiß bis heute nicht, wo er all die Jahre gewesen ist. Jedenfalls hat es eine ganze Weile gedauert, bis wir uns wiederfanden. Aber es war zu spät. Klara war acht Jahre alt, ich arbeitete als Lehrerin für Deutsch und Musik, und jeder lebte sein eigenes Leben. Mit dem Geld, das Ludwig unterwegs verdient hatte, kaufte er dieses Haus und eröffnete den *Blauen Ochsen*.

Klara ist Ihre Tochter?, sage ich tonlos.

Ludwigs und meine Tochter, ja.

Und Frika?

Mein Enkel.

Ich werde sofort verrückt, japse ich.

Hier nun schließt sich der Kreis, sagt Lore. Ludwig will wieder fort. Ich spüre es seit geraumer Zeit. Es treibt ihn hinaus, vielleicht nach Griechenland oder sonst wohin. Sein unruhiger Geist zieht ihn fort, ein allerletztes Mal. Hinaus in die Welt. Also geht er. Und vermacht mir vorher sein Haus. Das ist alles.

Das ist alles, sage ich.

So einfach ist das Leben, sagt Lore Frenz.

Ich erkenne Tränen, aber das mag am düsteren Licht in ihrem Wohnzimmer liegen.

Eine Frage, sage ich. Weiß Klara, dass sie Ludwigs Tochter ist?

Nein. Klara glaubt, ihr Vater, Heinz Imhof, ist kurz nach ihrer Geburt bei einem Verkehrsunfall ums Leben gekommen. Und dabei soll es auch bleiben. Versprechen Sie mir das, Herr Kommissar?

Ich verspreche es.

Stammtisch.

Gedanken sausen durch meinen Schädel wie ein Schnellzug auf der Überholspur. Klara Imhof ist Ludwigs Tochter. Friedrich Karl Alexander sein Enkel. Lore Frenz ist Hausbesitzerin.

Wie kann ich der Amsel vor meinem Fenster mitteilen, wie grandios sie singt?

Warum ist Nebel grau? Bunter Nebel wär viel schöner.

Warum dreht sich die Welt und wir fallen nicht runter?

Hinter welchem Wald und Gebirge versteckt sich der Sinn des Lebens?

Klara Imhof stürzt herein.

Frika ist verschwunden, schreit sie. Die Runde verstummt. Selbst die *KaterTod*-Kampftrinker schweigen für eine halbe Sekunde.

Was ist passiert?, frage ich.

Vor einer Stunde war er noch da. Jetzt ist er weg. Man hat ihn wieder entführt.

Mein Blick geht zur Uhr. Halb zwölf. Kurz vor Mitternacht. Unser Treffen ist um eins. Zu früh für seinen Aufbruch. Wo ist der Junge?

Du hast keine Ahnung?, sage ich.

Nein.

Habt ihr gestritten?

Nein.

Hat er sonst was gesagt?

Nein. Nein. Nein.

Heftiges Schweigen.

Ich kann es ihr nicht sagen. Dass wir auf Baustellen wollten. Dass wir hinter dem Geheimnis der im Beton verschwundenen Männer her sind.

Klara würde das nicht verstehen. Sie würde mir an die Gurgel gehen, mich töten. Freihändig, ohne mit der Wimper zu zucken.

Sie ist Friedrich Karl Alexander.

Friedrich Karl Alexander ist sie.

Das trompetende Gesamtkunstwerk.

Schwamm drüber.

Wir müssen etwas unternehmen, sage ich.

Was denn?

Keine Ahnung.

So hocken wir da.

Hinten bechern sie, vorne denken wir, dass wir denken. Nichts geschieht.

Schließlich gesellt sich Klara zu den *KaterTod*-Säufern und pichelt mit.

Sie merkt nicht, dass ich mich um kurz vor 1.00 Uhr auf die Socken mache, in der Hoffnung, Friedrich Karl Alexander wie vereinbart zu treffen.

## 38

Zehn Minuten, eine Viertelstunde warte ich an der Hintertür vom *Blauen Ochsen*. Alles bleibt ruhig. Kein Frika, weit und breit.

Verdammte Hölle.

Hier stehe ich, warte und treibe mein Unwissen wie einen Zahnstocher ins Ungewisse dieser verflixten Nacht.

Schließlich starte ich den Wagen und fahre los. Die ungefähre Richtung kenne ich ja.

Den ersten Stopp lege ich an der Finkenturmstraße ein. Zwänge mich durch eine Lücke im Bauzaun und stehe plötzlich inmitten von Baucontainern, Werkzeug, Maschinen, Eisengeflecht und jeder Menge Dreck. Mit der Taschenlampe bahne ich mir den Weg entlang der Containerstraße zur ersten Baugrube.

Nackt gähnend liegt sie da, zehn Meter im Geviert, vier Meter tief, auf dem Grund stehen Schlamm und Wasser. Leitern führen herauf und hinunter. Für mich ist es ein einziger Verhau, aber ein Fachmann würde das anders betrachten.

Langsam gehe ich zurück, von einem Bürocontainer zum nächsten.

Mettmanger. Pöhl. Fruchtfinger.

Keine Baugruppe.

Ich stapfe weiter, überquere den Platz Richtung Ernst-Busch-Straße. Das gleiche Bild. Nur viel größer, weiter, unüberschaubar. Kräne recken sich in den Himmel wie gelbe Stinkefinger.

Ein Container mit dem Schild BAUGRUPPE über der Tür.

Noch einer.

Eine ganze Straße.

Hier muss Frika gewesen sein. Hier muss er gesehen haben, was ihn zutiefst erschreckt hat.

Ich besteige einen Kran. Bin oben. Die Tür zur Kanzel ist verschlossen. Ich klemme mich zwischen die Streben.

Stille.

Nach zwei Stunden hab ich mir den Arsch abgefroren, die Beine versagen den Dienst. Beinah wäre ich abgestürzt.

Es reicht auch so.

Um fünf krieche ich in die Falle.

Um halb sechs reißt Ludwig die Tür auf.

Großmarkthalle!

Kartoffeln. Karotten. Tomaten. Champignons. Mangos, Kiwi und Schalotten.

Was soll das?, sage ich und entwinde mich dem Laken.

Wir haben einen neuen Koch, sagt Ludwig.

Seit wann?

Seit jetzt. Er heißt Rüdiger, ist jung und dynamisch und kocht neue Küche.

Rüdiger?, sage ich und hechte in die Klamotten.

Ja. Eine neue Zeit bricht an.

Wahrscheinlich irgend so ein Gemüsetaliban, sage ich. Es reimt sich. Ein gutes Omen.

Im Gegenteil. Rüdiger sagt, wenn es flüchten kann, kann man es auch grillen.

Lobenswert.

Komm jetzt, ich will ihn dir vorstellen.

Wir reichen uns die Hand über den Stammtisch hinweg, an dem Rüdiger soeben die neue Speisekarte entwirft.

Will mal so sagen, beginnt Rüdigers Lamentoso. Will mal so sagen da wir es mit einem Umfeld zu tun haben das eher dem Prekariat angehört und das sich gemeinhin von Leberkäse Schweins- Weiß- und anderen Würsten ernährt und dazu dunkleres oder helleres oder weißeres Bier in sich hineinschüttet ist es an der Zeit diesen Unsitten Paroli zu bieten und deshalb schlage ich vor wir beginnen mit Gemüse denn Gemüse ist lecker Gemüse ist bunt Gemüse ist gesund weil wenn es richtig zubereitet wird essen auch Kinder und dazu reiche ich Fisch mit Mango oder aber Kartoffeln auf Rotkohl zu marinierten Heringen und Salzletten und so weiter und so fort.

So was nennt man verbale Diarrhoe.

Dazu schwenkt Rüdiger seinen feisten Arsch, groß wie die Uhr auf dem Münchner Hauptbahnhof.

Für die Fleischesser empfehle ich den Burgunderbraten in Chilisoße auf Lauch und frischem Brennnesselsud wo ist der Küchenhelfer?

Da, sagt Ludwig und zeigt auf mich.

Hier die Einkaufsliste und nun der Uhrenvergleich 6.45 Uhr um 8.00 Uhr stehst du wieder auf der Matte kapiert? Wenn etwas fehlt kannst du gleich wieder los denn die Kunst eines Kochs ist nichts für Langschläfer und Faulenzer. Und jetzt verschwinde aus meiner Küche.

Ludwig begleitet mich vor die Tür.

Ich bleibe stocksteif stehen, rühre mich nicht vom Fleck.

Von welcher Geisterbahn hast du den abmontiert?, sage ich düster.

Stand plötzlich vor der Tür. Hat erstklassige Referenzen. Was soll ich machen? Ich will endlich weg hier. Deshalb brauche ich einen Koch.

Hast du deshalb den *Blauen Ochsen* an Lore Frenz verkauft? Damit du nicht mehr in der Küche stehen musst?

Geh jetzt, sagt Ludwig.

Rüdiger ist kein Problem für mich, sage ich. Aber dass du mich als Küchenhelfer denunzierst, das vergesse ich dir nicht.

Ludwig hört mich nicht mehr. Er rennt zurück, denn drinnen scheppert es gewaltig. Wahrscheinlich sind gerade die ersten Teller vom Bord gefallen.

Rüdiger, die Wampensau, hat einmal zu oft gerülpst.

Nach Einholung der Fressalien will ich zurück in die Falle. Das Handy reißt mich hoch.

Harry Hoyla aus Haidhausen ist dran.

Bubi kann abgeholt werden.

Welches Bubi?

Das sich in Edda verbissen hat.

Du meinst Friedrich Karl Alexander Imhof?

Nennt sich Frika.

Das ist er. Gib ihn mir, Harry.

Bübchen schläft. Aber ich geb dir Edda.

Edda, mein Schatz, sage ich, was machst du denn für Sachen?

Sie schnieft zufrieden. Ihre Stimme ist so rein und klar wie das Wasser eines Gebirgsbaches, an dem ein munteres Rehlein äst.

Valentin, du glaubst nicht, was heute Nacht passiert ist. Es klopft an mein Fensterchen, ich öffne, herein steigt ein Jüngling mit einem Baseballschläger.

Edda? Bist du verletzt?

Mit einem Baseballschläger in der Hose. Er sprach etwas von Sehnsucht nach meinem Körper. Oder nach einem bestimmten Körperteil, so genau hab ich das nicht mehr mitgekriegt.

Und dann?

Dann sind wir geritten.

Auf seinem Baseballschläger?

Ja. Auf dem Baseballschläger. Es war himmelherrlich. Es war göttlich. Eruptiv. Grenzwertig. Frika hat wirklich und wahrhaftig ein ganz besonderes, lebhaftes und wertvolles Alleinstellungsmerkmal. Man muss es Harry sagen. Eine neue Geschäftsidee. Einsame Frauen stehen darauf. Das wird ein Millionengeschäft. Frika wird den Markt aufmischen. Und ich bin seine Beraterin.

Edda?

Valentin?

Du hast nicht zufällig was von dem Lachtabak erwischt, den Harry in seiner untersten Schublade aufbewahrt?

So was tu ich nicht, Süßer.

Wenn Harry nämlich erfährt, sage ich, dass du sein Zeug kiffst, ist es vorbei mit der Verlobung. Das ist dir doch klar?

Sonnenklar, Valentin. Ich mach das auch nie wieder.

Versprich es, Edda.

Ich verspreche es, Valentin. Aber was ist jetzt mit Frika? Ich muss in die Badewanne. Und dann zum Friseur. Und zur Maniküre. Harry will mich schön haben.

Also gut. Ich hole das Alleinstellungsmerkmal ab.

## 39

Um zehn nach sieben am anderen Morgen laufe ich im *Esperanto* ein. Lieselotte hockt auf ihrem Stammplatz an der Rückwand gegenüber der Tür und futtert Müsli.

Schweigend setze ich mich zu ihr, bestelle Cappu corretto mit Croissant und sehe zu.

Was willst du?, sagt sie schließlich.

War auf der Baustelle.

Und?

Nix.

Klar.

Ich bestelle noch einen Cappuccino. Die Brühe ist dünn wie Suppe. Die Sahne ranzt.

Wieso?, sage ich.

Weil die das geschnallt haben, dass Frika neulich zugeschaut hat. Das mögen sie nicht.

Wer ist »die«?

Die Kerle von der Baugruppe. Komm mit, Valentin.

Nicht schon wieder, sage ich matt.

Du wirst es nicht bereuen.

Wir landen in ihrem Büro.

Vollgestellt mit elektronischem Equipment. Bald laufen die Geräte. Die Bude summt wie ein Bienenhaus.

Auf einem Monitor wird ein Raum sichtbar, offenbar ein Besprechungszimmer. Ich sehe acht Stühle je zu Seiten eines lang gezogenen Tisches. An den Wänden Gemälde von bärtigen Männern. Bis zum Boden reichende Fenster beleuchten die Szenerie.

Wo ist das?, frage ich.

Hier sehen wir das Herz der Firma Baugruppe, sagt Lieselotte großartig und bedient einen Joystick. Die Kamera bewegt sich zur Tür, die sich soeben öffnet. Herren in dunklen Anzügen treten ein, setzen sich, öffnen Taschen und Ordner.

Ich erkenne Willibald Schmelzle. Neben ihm Hugo Schädel. Ganz hinten Eugen Doofprint von der Münchner Aberzeitung.

Insgesamt zähle ich sieben Männer.

Eine vollblondige Busine kredenzt Tee und Gebäck.

An der Stirnseite thront ein weißhaariger Mann, dessen Gesicht kaum erkennbar ist. Er versteckt es hinter einem bis zur Brust reichenden roten Bart.

Das ist Kurt Wollkenstein live, sagt Lieselotte.

Von den Erweckten?

Genau. Die Baugruppe gehört den Erweckten. Mit der Erstellung von Wohneinheiten finanziert die Religionsgemeinschaft ihre Projekte. Aber das ist noch nicht alles. Ich bin dabei zu beweisen, dass diese Männer einen schwungvollen Handel jenseits der Legalität betreiben.

Schwungvollen Handel?, sage ich.

Ja. Willst du jemanden verschwinden lassen, geh zu Schmelzle. Gib ihm genug Geld und den Namen des Todgeweihten. Den Rest erledigt die Baugruppe. Ein todsicheres Geschäftsmodell.

Achtundvierzig Vermisste allein in München, sage ich.

Die Baugruppe ist bundesweit tätig, vergiss das nicht, Valentin. Aber schauen wir doch einfach zu.

Wollkensteins roter Bart bewegt sich. Es ist nichts zu hören. Lieselotte dreht an einem Regler.

Meine lieben Freunde. Wir sind heute unter anderem hier zusammengekommen, um die Causa Friedrich Karl Alexander Imhof zu besprechen. Leider hat der Knabe unsere letzte Aktion beobachtet. Damit ist er für uns ein Sicherheitsrisiko. Ich empfehle, den Knaben zu eliminieren.

Eine Hand fährt hoch.

Das können wir nicht machen. Der Knabe ist noch ein halbes Kind.

Er hat Augen wie ein Erwachsener, mein Freund.

Er muss weg, sagt Hugo Schädel.

Stimmengewirr. Wollkenstein hebt die Hand.

Wer ist dafür, dass der Knabe entsorgt wird?

Drei Hände gehen hoch. Vier bleiben unten.

Abgelehnt, sagt Wollkenstein. Was schlagt ihr vor?

Verprügeln.

Verstümmeln.

Die Mutter vernaschen.

Ist das nicht der *Blaue Ochse,* wo der Kerl wohnt?, fragt Schmelzle.

Das ist korrekt, sagt Wollkenstein.

Zünden wir die Hütte an, sagt Hugo Schädel. Ein Kurzschluss in der Heizung, und die Bude brennt.

Dann erübrigen sich endlich auch die Kaufverhandlungen mit diesen renitenten Dummköpfen, sagt Schmelzle. Es kostet mich jedes Mal Mühe, dort hinzugehen. Die können nicht mal Kaffee brühen. Schmeckt immer nach Fisch.

Ich fasse zusammen, sagt Wollkenstein. Die Causa Friedrich Karl Alexander Imhof wird vertagt. Vermutlich ist er derart traumatisiert, dass kein Wort aus ihm herauszukriegen ist.

Zu spät, sage ich grinsend.

Eine Hand geht hoch. Es ist Hugo Schädel.

Ich wollte noch etwas zur Gentrifikation im Stadtteil Untergiesing sagen.

Später, sagt Wollkenstein.

Aber das ist wichtig, sagt Schädel mit rotem Kopf.

Ich weiß, Hugo, sagt Wollkenstein, das ist dein Lieblingsthema. Aber heute geht es um andere Dinge.

Was ist wichtiger als die Gentrifikation?, sagt Hugo.

Ruhe, sagt der Rotbärtige. Wir kommen zu unserem Tagesordnungspunkt zwei.

Nun ist Willibald Schmelzle an der Reihe.

Zwei neue Kunden.

Wen?, fragt Doofprint.

Geht dich nichts an, Eugen. Jedenfalls ist alles vorbereitet. Heute Nacht auf der Baustelle Alte Heide, drüben in Allach. Da ist es ruhig, wir sind die Einzigen dort. Die Sache steigt um 2.00 Uhr. Otto mit seinem Wagen steht bereit.

Gefüllt?, fragt Wollkenstein.

Fünf Tonnen Beton, sagt Schädel. Das müsste reichen.

Gut. Die Sitzung ist geschlossen.

Lieselotte schaltet den Monitor ab.

Von wann stammt diese Aufzeichnung?, frage ich.

Von heute morgen, sagt sie und legt ihre kühle Hand auf mein heißes Knie.

Wir gehen hinüber in ihr kuscheliges Wohnzimmer. Setzen uns auf die Couch. Sie öffnet drei Knöpfe ihres Seidenblüschens.

Hast du die Sitzung irgendwo abgespeichert?, frage ich.

Komprimiert auf meinem Datentransferstäbchen.

Ein USB-Stick?

Hier, sagt sie und lässt den Rock fallen. Der schwarze Stringtanga ist ein sündiges Nichts. Auf dem Hüftknochen sitzt ein winziges Täschchen. Lieselotte zeigt mit spitzen Fingern auf einen silbernen USB-Stick.

Hier ist er sicher, sagt sie.

Aber nicht vor mir, sage ich.

# 40

Vollmond.

Windstille.

Die Fenster verhangen.

Hulahula-Musik; ein echter Ohrkrepierer.

Es tritt auf, sagt Rüdiger, das Tanzballett Honeymoon unter der Leitung von Rüdiger Hofmann.

Nun schwingt er ein Bein. Dann schwingt er das andere. Stürzt zu Boden. Der Sterbende Schwan – verreckt.

Ende der Probe, keucht unser hinterindischer Arschbackenzeisig und rappelt sich wieder auf.

So geht das nicht, sagt er, obwohl Sepp Doll klatscht wie verrückt und Knilli einen begeisterten Pfiff rauslässt.

Frauke sagt, er solle doch nackt auftreten, das brächte gewiss Leute in die Bude. Tina Blattert stimmt ihr vollinhaltlich zu.

Übrigens ist Tina wieder geschieden. Sie hat sich betrogen. Mit einem Kerl aus der Wurstfabrik, der täglich Ware an die Metzgerei Strauchler in der Tegernseer Landstraße liefert.

Es ist immer die gleiche Geschichte mit den Frauen.

Oder mit einem Baströckchen, sagt Harnotto, der Traumausstatter, die gehören auf Hawaii nämlich zum Standard wie bei uns die Haferlschuhe und der Schnupftabak.

Da ist Rüdiger bereits in die Küche abgetaucht. Bei einem Mousse au Chocolat verdaut er die Niederlage.

Ich gehe zu ihm. Nicht um ihn zu trösten, sondern um ihn zu fragen, wann er endlich die fette Portion

Leberkäse mit Spiegelei und Kartoffelsalat bringt, die ich vor einer Stunde bei ihm bestellt hatte.

Rüdiger schnauft wie eine Dampflok. Er kann einem richtig leidtun. Aber so ist das Leben.

Rüdiger, wo ist mein Leberkäse?

Leberkäse ist aus.

Wieso?

In diesem Lokal gibt es keinen Leberkäse mehr. Oder hast du ihn auf der neuen Speisekarte entdeckt?

Ich brauche keine Speisekarte. Ich bestelle freihändig, wie seit Jahren.

Aber ich brauche eine Speisekarte, Valentin, aber ich. Es gibt keinen Leberkäse mehr, keine Wollwürste, keine Weißwürste und keine Debrecziner.

Wienerle?, sage ich still.

Nein, brüllt er, Wienerle kannst du dir in die Ohren stecken!

Was gibt es dann überhaupt noch?

Spaghetti mit Nudeln.

Und dafür hast du Koch gelernt?

Arschloch.

Angenehm, sage ich und reiche ihm die Hand, Valentin Gaukler, Privatdetektiv. Du solltest etwas gegen deinen Mundgeruch unternehmen, Rüdiger. Und dein Name ist ebenfalls negativ belegt. Das sage ich dir als dein ehrlicher Freund.

Du bist kein ehrlicher Freund, greint er.

Warum steht dann dein Bett in meiner Bude?, sage ich.

Weil der Wirt es so wollte.

Komm, sage ich, ich bring dich in die Heia.

Geknickt wie er ist, folgt er mir wortlos.

Später liegt er auf dem Gästebett. Es ist achtzig breit, Rüdiger doppelt so schwer. Da er nackt zu schlafen pflegt, wendet er mir sein Bärenloch zu. Ein Bärenloch ist ein behaarter Männerarsch.

Rüdiger redet mit der Wand.

Ich hätte es wissen müssen.

Ich warte.

Ich hätte es wissen müssen, dumpft er, das war eine Falle. Die Arbeitsagentur hat mir den *Blauen Ochsen* empfohlen. Alteingesessenes Lokal, der Wirt über siebzig, aufstrebende Gegend, genau richtig für eine neue Location.

Und jetzt?, sage ich.

Abrupt dreht er sich zu mir herum. Das Bärenloch verschwindet. Ich kann ihm wieder in die Augen schaun.

Jetzt, sagt Rüdiger tonlos, jetzt hocke ich in diesem Loch, die Gäste wollen Leberkäse und Schweinsbraten und Blaukraut und ich und ich und ich.

Was?

Überall haben sie mich rausgeschmissen.

Warum denn?

Habe ihnen alles weggefressen. Kennst du schon meinen Spitznamen, Valentin?

Nein.

Sie nannten mich die Büfettfräse.

Büfettfräse? Klingt sättigend.

Ach, Valentin, ich bin so einsam.

Der Ernstfall tritt ein. Rüdiger kriecht zu mir ins Bett. Selbst Eisen hält das nicht ewig aus, geschweige denn mein IKEA-Gestell.

Ich stecke ihm eine Salem zwischen die Lippen, aber er spuckt alles aus.

Das Bettgestell kracht und knarrt und jammert, aber Rüdiger lässt erst ab von mir, als ich verspreche, ihm beim Übergang von der alten zur neuen Speisekarte zu helfen.

Dann schläft er ein, den Daumen im Mund.

Büfettfräse. Passt irgendwie zu Rüdiger. Obwohl – im Grunde ist er eine arme Sau. Hat seine Berufung zum Beruf gemacht.

Kocht und frisst. Muss entsetzlich sein.

Gleich einem Sänger, der Klassik liebt und Schnulzen singt, um zu überleben.

Hulahula-Musik.

In mir erwacht der Beschützerinstinkt für Rüdiger mit dem Bärenloch.

Dafür hasse ich mich.

Dass mich sein elendes Geschnarche bis zur Mitternacht wach hält, hat jedenfalls sein Gutes.

Ich kann nachdenken. Über Lieselotte und ihre Techniken. Verwanzte Büros mit geheimer Kamera. Aufzeichnungsgeräte wie bei der NSA.

Ein USB-Stick im Tanga.

Was hat dieses Wahnsinnsweib noch auf Lager?

Zwei Stunden nach Mitternacht bin ich mit dem Wahnsinnsweib verabredet.

Alte Heide.

Allach.

# 41

Es regnet in Strömen. Der Boden ist tief, die Stimmung mies, doch Lieselotte hat mitgedacht. Statt uns auf einem Kran den Arsch abzufrieren, hocken wir in ihrem Mustang. Lieselotte hat eine Fernbedienung auf dem Schoß, mit der sie einen Hubschrauber bedient.

Dazu kredenzt sie feinen starken Espresso in einer Warmhaltebox. Sogar die Tässchen sind vorgewärmt.

Bis es so weit ist, erklärt sie mir die Innereien des Fluggerätes.

Das Wunderwerk der Technik enthält eine Achtkanal-Steuerung sowie eine HD-Videokamera mit einer Aufzeichnungsdauer von bis zu vier Stunden.

Das dürfte in jedem Fall ausreichen, sagt Lieselotte sanft und nippt an der heißen Brühe.

Ich machs ihr nach.

Erzähl mir was von dir, meine wilde Zuckerschnute, sage ich.

Lass deine dämlichen Gockeleien, sagt sie. Ich bin ein einfaches Mädchen, aufgewachsen in München, gerade vierunddreißig Jahre alt geworden und seit zwei Jahren im Besitz der Sicherheitsfirma LiLoSec. Das bedeutet Lieselottes Security.

Was macht LiLoSec?

Wir beraten Unternehmen in Sicherheitsfragen, führen auf Wunsch Überwachungsaufgaben durch. Kannst gern bei mir einsteigen, Valentin.

Bin doch schon bei dir eingestiegen, sage ich.

Kriege dafür einen Klaps aufs Knie.

Ich meine es ernst, sagt Lieselotte. LiLoSec expandiert, die Nachfrage ist riesengroß, insbesondere auf dem Gebiet des Cyberhacking tut sich derzeit allerhand.

Was tut sich denn beim –

Still, sagt sie und packt den Joystick.

Es geht los.

Im Blickfeld der Heli-Kamera erscheint im Schritttempo ein schwarzer Sprinter. Ihm folgt ein bulliges Betonmischfahrzeug, die Trommel in ständiger Bewegung.

Die Auflösung der Kamera ist hervorragend, man kann jedes Geräusch hören. Der Hubschrauber ist tatsächlich ein Wunderwerk der Technik.

Zwei Personen klettern aus dem Sprinter. Schwarze Ledermäntel, dunkle Brillen, schwarze Kapuzen.

Verdammter Mist.

Auf diese Weise sind die Kerle auch für all die Überwachungskameras nicht zu identifizieren.

Zwei Säcke. Menschengefüllt.

Landen in der Baugrube. Der Mischer dreht. Lässt Beton ab. Die Baugrube ist voll.

Die Säcke verschwinden, begraben unter dem grauen Dreck.

Einer der Männer gleitet aus, verliert die Brille, die Kapuze verrutscht. Er droht im Beton zu versinken. Der Fahrer des Mischers sieht es.

Pass doch auf, Bertil!

Leck mich, Otto.

Der Mann fängt sich, es ist vorbei.

Die beiden Fahrzeuge verschwinden aus dem Sichtfeld der Kamera.

Die komplette Aktion hat keine vier Minuten gedauert.

Lieselotte stoppt die Aufzeichnung, lenkt das Fluggerät über den Bauzaun. Schließlich landet es nahezu lautlos neben dem Mustang auf dem nassen Asphalt.

In Lieselottes kuscheligem Wohnzimmer studieren wir den Film bei einem Glas spanischem Malvasía Rosada in allen Einzelheiten. Die Uhrzeit und die Aufzeichnungsdauer laufen in Millisekunden unter den Bildern dahin.

Vier Minuten zehn Sekunden.

2.17 Uhr bis 2.21 Uhr.

Die Zeit für einen Doppelmord.

Lieselotte stoppt. Fährt zurück. Wiederholt die Wiedergabe.

Slow Motion.

Super Slow Motion.

Zoom.

Ein Gesicht.

Bertil.

Das Gesicht landet als Papierausdruck auf dem Couchtisch.

Desgleichen Ottos Visage. Ist unbrauchbar, wegen Kapuze und Sonnenbrille.

Immerhin, sagt Lieselotte, haben wir jetzt Bertils Konterfei. Ein Anfang, nicht mehr.

Klingt, als würdest du ihn kennen, sage ich.

Lieselotte verneint, schenkt nach, wir trinken. Der schwere Wein steigt mir in den Kopf. Wer nur das Edelstöffchen und Bauerntrank kennt, ist diesem verflixten Rebensaft hilflos ausgeliefert.

Anders Lieselotte.

Sie speichert den Mordfilm auf ihrem Stick ab und reicht mir Bertils Ausdruck.

Geh zu Prall. Vielleicht kennt er ihn, sagt sie.

Kannst du nicht irgendwie in die Datenbank der Polizei einbrechen?, frage ich.

Irgendwie schon, sagt sie. Aber ich will weder Lizenz noch die Betriebsgenehmigung verlieren, verstehst du, Valentin?

Der USB-Stick verschwindet im Tanga. Da ist es um mich geschehen.

Sie legt Julio Iglesias auf. Windet sich gekonnt aus dem Trägershirt. Lässt die Jeans herunter. Sinkt vor mir auf die Knie. Zieht mich aus.

Mein kleiner Außenminister steht auf Habacht. Was soll ich machen? Was kann ich noch tun? Ich bin dem Wildfang ausgeliefert.

Ihre Brüste. Ihr Schoß.

Alles wunderbar.

Wir liegen nebeneinander auf dem flauschigen Teppich und rauchen eine Kippe. Meine Gedanken sind noch unterwegs in Lieselottes erogenen Zonen. Anders ist es nicht zu erklären, was ich jetzt sage. Ein obszön unverzeihlicher Fehler. Niemals zu entschuldigen. Wirklich niemals. Schande über mich.

Lieselotte, willst du mich heiraten?

Was?

Du hast richtig gehört.

Lieselotte steht auf, ihre Beine ragen, von unten betrachtet, bis zum Himmel.

Wenn du in meine Firma einsteigen willst, geht das auch ohne Heiratsantrag.

Ach Lieselotte.

Und jetzt hau ab, ich muss arbeiten. Vergiss Bertils Foto nicht. Gute Nacht, Valentin.

Gute Nacht, Lotterliese.

Dieser Morgen ist sehr trübe: Guten Morgen, liebe Sorgen, seid ihr auch schon alle da?

Wein schwappt in meinem Kopf.

Rüdiger nervt.

Kauf die guten Avocados der Klasse A. Und vergiss nicht wieder die Kiwi bei Dallmayer. Die am Viktualienmarkt taugen nichts. Dafür die Pfifferlinge, die sind in Ordnung. Und zwei Kilo Zwiebeln. Diese kleinen scharfen marokkanischen. Nicht den spanischen Mist. Hast du das bis hierher verstanden, Valentin?

Du schreist ja laut genug.

Rotkohl brauche ich auch noch.

Blaukraut, sage ich.

Was?

Vergiss es, Rüdiger. Gib mir lieber Kohle.

Du siehst doch, ich habe alle Hände voll zu tun. Legs heute mal aus.

Später bei Prall. Im Präsidium.

Reginald studiert Bertils Physiognomie. Schweigt. Schnauft. Nippt am Kamillentee.

Hier stinkt was, sagt er. Stinken Sie etwa, Gaukler?

Zwiebeln, sage ich, marokkanische Zwiebeln. Klein, frech und scharf. Kann ich nur empfehlen, Herr Kriminalkommissar.

Waschen Sie sich gefälligst die Hände, bevor Sie eine Behörde betreten, sagt Reginald. Ich wasche mir fünfmal täglich die Hände. Nach dem Aufstehen, vormittags, mittags, nachmittags und vor dem Schlafengehen. Eine Frage der Hygiene.

Danke für den Tipp. Was ist jetzt mit dem Foto?

Reginald befragt seinen Klapprechner.

Das ist Bertil Lanski. Schwerer Junge. Gewaltbereit. Arbeitsscheu. Stammgast bei uns. Wurde vor knapp zwei Wochen aus der Haft entlassen. Derzeit gemeldet im Männerwohnheim Pilgersheimer Straße.

Danke, Herr Kriminalkommissar. Sie haben mir sehr geholfen.

Dafür helfen Sie mir jetzt, Valentin: Woher stammt diese Aufnahme?

Welche Aufnahme meinen Sie?

Dieser Ausdruck mit Bertils Gesicht?

Gefunden.

Wo gefunden?

Ecke Schwanthaler und Grünwalder Straße. Oder etwas weiter nordwestlich.

Reginald Prall leert den Kamillentee.

Ich konstatiere, Sie wollen mir nicht helfen.

Vielleicht später, Herr Kommissar.

Wenn Sie eine Straftat vertuschen, Gaukler, sind Sie dran, das schwöre ich.

Ich muss gehen, sage ich, Hände waschen.

Ja, Bertil Lanski wohnt hier, sagt der zausköpfige Alte an der Pforte des Männerwohnheimes, aber der ist tagsüber unterwegs. Wenn Sie ihn treffen wollen, müssen Sie nach 18.00 Uhr wieder herkommen. Soll ich Herrn Lanski etwas ausrichten?

Nicht nötig, sage ich und stapfe davon.

# 42

Die Schrauberbude gleicht einer lang gezogenen Garage mit vier Flügeltüren.

Es riecht nach Benzin, nach Öl, nach Männerschweiß und nach Bier. Hier sind harte Kerle unterwegs. Über einer Harley hängt ein Schild an der Wand.

HELLS ANGELS CHAPTER MUNICH

Etliche Jungs lümmeln herum, zwei schrauben an ihren gleißenden Feuerstühlen.

Ein rotbackiger Bursche fixiert mich mit stählernem Blick. Oberarme so dick wie meine Oberschenkel. Dreckige Jeans, Boots, Shirt, Lederkutte. Ölverschmiertes Gesicht.

Ein Mann wie ein Gebirge.

Was willst du?, sagt er, die Fluppe im Mundwinkel.

Beitreten, sage ich.

Beitreten? Hohlkörper nehmen wir nicht, was Jungs?

Ja, Reini, schallt es zurück.

Reinald Krebs?, sage ich.

Zeig mir deinen Ausweis, Bulle.

Bin kein Bulle.

Was bist du dann? Ich sags dir: Tot bist du. Das bist du: tot.

Seine Faust trifft meinen Solarplexus. Sein Knie meine Eier. Sterne fliegen, Sonnen explodieren. Die Welt wird dünn und schal.

Höhnisches Gelächter aus Männerkehlen.

Ich liege auf dem Asphalt. Es dunkelt. Die Garage ist verrammelt und verriegelt. Ich bin allein.

Fast allein.

Neben mir hockt ein nervöses Bürschchen, dessen Kutte ihm viel zu groß ist. Auch er trägt Boots und Jeans und eine goldene Kette auf ölverschmiertem Shirt. Er ist ein Hells Angel.

Und doch ist der Jüngling lediglich das Abziehbild eines Hells Angel.

Man sieht es ihm an, dass ihn die harten Jungs als Fußabstreifer, als Brotzeitholer, Werkstattaufwischer, Kippensammler, als Lollipop missbrauchen.

Gewiss besitzt er eine fette Harley Davidson. Eine rote Lederkluft. Einen Helm wie ein Astronaut. Alles vom Feinsten.

Aber er kann die Kiste nicht anlassen, nicht fahren, nicht einmal aufrecht halten.

Lollipop hat einen reichen Papi, der alles finanziert. Papi zahlt das Outfit, das Feuerross und die Schulden.

Das aber genügt noch längst nicht beim Münchner Chapter der Angels.

Wer bistn du?, fragt seine Mäusestimme neben mir. Das auch noch. Nicht einmal ein männliches Organ hat der schmale Knabe.

Ich bin der Valentin, sage ich, während ich mich mühsam aufrichte. Meine Kronjuwelen schmerzen wie Feuer.

Ich bin der Kollerjan, sagt Lollipop.

Hallo, Kollerjan, sage ich, wie gehts?

Ganz gut, sagt Kollerjan, aber dir gehts scheinbar nicht so prima.

Ist nur äußerlich, sage ich, bleibe aber auf dem nassen Asphalt hocken, bis sich meine Innereien etwas beruhigt haben.

Kollerjan sitzt neben mir, ein Fläschchen in der Hand. Köstlicher Highland Malt. Weckt tatsächlich alle Lebensgeister in mir.

Das war Reini, sagt Kollerjan. Reini ist ein Aas, sag ich dir, Valentin. Reini hat meinen Freund Gerwin auf dem Gewissen.

Gerwin Lappe?

Ja. Reini wollte unbedingt unser neuer Leader werden. Da war ihm Gerwin im Weg. Seitdem ist Gerwin fort.

Einfach so?

Ja, Valentin, einfach so.

Und ihr habt keine Ahnung, was passiert ist?

Wenn ich es sage.

Wie viele seid ihr denn in eurem Münchner Laden?

Vierzehn. Ich gehöre auch dazu, sagt Kollerjan. Gleich wirkt er ein bisschen größer.

Mögt ihr Reini?, frage ich.

Keiner mag ihn. Alle haben Angst vor ihm, dem brutalen Kerl. Jeden macht er nieder, nur weil er schon im Zuchthaus war und wir nicht.

Nur Geduld, das kommt noch.

Meinst du?

Du hast doch ein Handy?, sage ich. Ruf ihn an. Soll herkommen. Jetzt gleich.

Warum denn?, fragt Kollerjan mit leiser Furcht in der piepsigen Stimme.

Heiße Sache liegt an.

Heiße Sache liegt an?, sagt Kollerjan und zückt sein Mobile.

Acht Minuten später ist Reini da. Ich bin gewappnet. Aus der Garage hole ich eine griffige Motorradkette und einen 25er-Schraubenschlüssel.

Liegt gut in der Hand.

Reini hat keine Chance.

Die Nacht schützt mich.

Kollerjan ist geflohen.

Reini erwischt es am Hals. Er fällt lautlos wie eine entwurzelte Eiche.

Ich schleppe ihn in die Garage zu den Motorrädern, wähle ein schönes Modell und starte es. Der Schlüssel steckt. Leichtsinniges Pack.

Inzwischen regt sich Reini. Bevor er abhauen kann, wird er mit Panzerband fixiert.

Nur der Mund bleibt frei.

Die Harley Rider Heritage wummert hitzig. Leichter Griff ans extrem weit herausgezogene Auspuffrohr. Heiß wie Hölle.

Passt.

Reini hockt rittlings auf dem Auspuff.

Reinald Krebs, Nachfolger von Gerwin Lappe, bleibt ruhig. Dann beginnt er zu schwitzen.

Zu ächzen. Zu wimmern.

Reini will fort.

Das Panzerband hält.

Reini keucht.

Auf seiner Stirn eine Million Schweißperlen.

Was ist dir lieber, sage ich vor seiner Nase, Rühreier oder Spiegeleier?

Er spuckt mir ins Gesicht.

Auch eine Antwort.

Ich schwinge mich auf den Kübel. Gebe Gas.

Einmal. Zweimal. Drei.

Was willst du von mir?, schreit es aus Reini.

Namen, sage ich und geselle mich wieder zu ihm.

Schmelzle, brüllt er.

Weiter?

Hugo Schädel.

Weiter.

Die Erweckten.

Wie viel?

12.000 Euro.

12.000 Mücken? So wenig war dir das Leben deines Kumpels Gerwin Lappe wert?

Mehr war nicht drin. Lappe war eine Sau.

Wie du, sage ich und sitze wieder auf. Gebe kräftig Gas, steuere die Maschine seitwärts gegen die Betonwand, dass es staubt. Vorher springe ich ab.

Reinis Schrei verhallt.

Ich stelle den Motor ab und verlasse die Garage, ohne zurückzublicken.

Draußen wartet Kollerjan.

Was hast du gemacht?, fragt er.

Ein bisschen herumgefahren und geplaudert.

Ist Reini tot?

Vielleicht, sage ich.

Wenn er wirklich tot ist, dann hast du was gut bei uns, sagt Kollerjan.

Und wenn nicht?

Dann auch.

Das ist schön, sage ich, reiche ihm meine Visitenkarte und ziehe ab, die Salem fest im Mund.

Meine Knie zittern, mein Mund ist trocken, die Hände schmerzen.

Vielleicht hat Kollerjan Mumm und nicht nur Kohle. Dann kann er sich als neuer Boss beim Münchner Chapter der harten Jungs bewerben.

Vielleicht sind die anderen Mitglieder dann endlich zufrieden.

Vielleicht ist Reini tot.
Vielleicht werden die Karten gerade neu gemischt.
Und ich mittendrin.
Vielleicht.

## 43

Nachmittags um vier suche ich die Praxis von Rudolph Pfahler auf, dem Nachfolger des vermissten smarten Schönheitschirurgen Doktor Schwayer.

*Doktor Rudolph Pfahler, Stiglmaierplatz 14, 1. Stock, alle Kassen.*

Am Schild rosten die Schrauben, der Klingelknopf fehlt.

Ich drücke auf den Knopf daneben.

Eine blonde Melone öffnet freiherzig das Fenster im Hochparterre.

Ich wollte zu Doktor Pfahler, sage ich.

Warum denn?, zirpt sie.

Warum denn nicht?

Weil er ein Hurenbock ist. Ich kann es bezeugen vor jedem Gericht dieser Welt.

Wir haben zusammen studiert.

Sie Schwein, faucht sie und haut das Fenster zu.

Ich klingle erneut.

Die Haustür geht auf, ein feister Kerl in Trainingshose und Wanderhemd tritt heraus.

Was willst du von meiner Olga?, sagt er.

Zu Doktor Pfahler will ich.

Du lügst. Wolltest meine Frau anmachen, du blöder Spanner. Woher hast du ihre Telefonnummer?

Ich hab keine Telefonnummer.

Du bist doch der verdammte Kerl, der alle Stunde bei uns anruft. Gibs endlich zu.

Geb ich nicht.

Er zückt ein Schmetterlingsmesser.

Letzte Warnung. Lass meine Alte in Ruh.

Wenn du mir sagst, wo Doktor Pfahler steckt, lass ich deine Alte in Ruh.

Versprochen?

Versprochen, sage ich.

Angeblich ist er wieder auf der Insel. Sielt, glaube ich. Oder Amerums. Hat es scheinbar nicht ausgehalten bei uns.

Was ist er für ein Typ?

Der Doktor? Der ist kein Doktor. Der ist ein Weichei. Ich glaub sogar, der ist schwul. Obwohl der immer hinter den Weibern her war. Sogar meine Olga hat er angemacht. In der Sprechstunde. Hat sie mir sofort erzählt. Bin hin, hab den Kerl vermöbelt. Wollte mich verklagen. Hab seinen Hallelujabesen abgekokelt.

Seinen was?

Den Weihnachtsbaum.

Klar, den Weihnachtsbaum, du Weihnachtsmann.

Genau. Dann ist er davon. Nach Sielt. Oder Amerums.

Danke, Kumpel.

Bin nicht dein Kumpel, krächzt er und zieht die Tür hinter sich zu.

Auf zu Petra Haberlander. Hat den Bücherladen der vermissten Maria Krauß übernommen. Hoffentlich wartet dort kein feister Kerl mit einem Schmetterlingsmesser auf mich. Hoffentlich krieg ich dort ein Tässchen

Kaffee. Hoffentlich treffe ich dort auf kultivierte Menschen.

Intellektuelle wie mich.

Über der Tür des unauffälligen Ladengeschäftes an der Boschetsrieder Straße hängt ein stilisiertes Brett mit der Aufschrift:

TOR STEINHART

NORDIC COMPANY

Ich mags nicht glauben. Petra Haberlander ist laut Kommissar Prall gelernte Buchhändlerin und keine Reisekauffrau.

Vertreibt sie Lektüre für Weltenbummler? Oder Outdoor-Klamotten? Oder alles zusammen?

Beim Eintreten ertönt eine Fanfare. Aus dem Hintergrund kommt mir eine hagere Frau um die Dreißig entgegen. Weiße Bluse, schwarzer Rock, flache Schuhe, strenges Haar.

In bewährter Blockwartmanier.

Guten Tag, mein Name ist Rosamunde, schnarrt sie, was kann ich Gutes für Sie tun?

Ich suche Petra Haberlander.

In welcher Sache?

Es geht um einen coolen Deal, Lucille.

Sprechen Sie Deutsch, mein Herr.

Gut. Eine geschäftliche Auskunft. Wo ist denn Frau Haberlander?

Hat heute ihren freien Tag, sagt Rosamunde, aber Sie dürfen sich gerne umschauen.

Ich schau mich um, Rosamunde hockt mir auf den Hacken, lässt keine Sekunde den Blick von mir.

Was es hier nicht alles gibt.

Für den modebewussten Herrn:

Bondedjacke Hank in grau. 120 Mücken.

Bondedjacke Polarsturm. Ab knapp unter 100.

Für die Dame:

Hose Sabrina für 70 Mäuse.

Shirt Partygranate, 35.

Braune Ritzenputzer für die Frau.

Fußmatten für die Haustür mit *Tor SteinHart* drauf. Oder ein Benzinfeuerzeug mit stilisierten Runen. Oder der SteinHart-USB-Stick.

In welch braunen Misthaufen bin ich da hineingeraten?

Möchte kotzen und darf nicht.

Zu spät.

Rosamunde war nicht untätig. Hat Verstärkung angefordert. Und gekriegt.

Drei Mann hoch. Die Sandkastenrocker von der Förmchenbande.

Wer bist du?, fragt einer, der aussieht, als hätte er einen Korkenzieher verschluckt. Seine kahle Birne glänzt wie ein Ei.

Mein Kampfname ist Bruce Lee, sage ich tapfer.

Ich hab direkt schon Angst vor dir, sagt sein Kumpel, ein Pressbär mit den Maßen eines Türstehers.

Verpassen wir ihm einen Prostata-Schrittmacher, sagt der Dritte im Bunde und zückt einen Baseballschläger der aussieht, als sei er mit Bleikugeln gefüllt.

Rosamunde hat derweil schon mal vorsorglich die Tür zugesperrt.

Sie fallen über mich her.

Dritter Weltkrieg.

Lieber Gott, bete ich stumm, bitte schick mir eine taubstumme Nymphomanin, die einen Getränkehandel hat und eine Dauerkarte für den TSV 1860, Amen.

Es hilft alles nichts.

Ich liege auf dem dreckigen Fußboden, sie fangen erst richtig an.

Sie machen weiter, immer weiter.

Bis ich nichts mehr sehe, nichts mehr höre, nichts mehr fühle.

Bin ein Klumpen blutiges Fleisch.

Draußen vor der Tür.

Vor meiner gebrochenen Nase ein Rinnstein. Grau, dreckig, nass.

Beiß rein, sagt der Korkenzieher.

Wir haben nicht ewig Zeit, sagt Rosamunde.

Hilf ihm, sagt der Pressbär.

Will nicht, mag nicht, kann nicht, sage ich, doch kein Laut dringt aus meinem Mund. Ich weiß genau, beiße ich in den verdammten Rinnstein, hauen sie mir den Baseballschläger auf den Hinterkopf und ich bin ein toter Krieger.

Jemand reißt mir den Kopf nach hinten. Es ist vorbei.

Krachen. Ein Schrei. Noch ein Schrei.

Rosamunde quiekt.

Man dreht mich auf den Rücken. Im Blutfilm meiner verquollenen Augen erkenne ich Lieselotte.

Mach mir vor Freude ins Hemd.

Woher?, stammle ich.

Dein Handy, sagt sie. Ich finde dich überall auf der Welt, Valentin. Gehen wir.

Leichter gesagt als getan.

Zwei gequetschte Rippen. Beide Augen zugeschwollen. Nasenbein angebrochen. Blutergüsse am linken Arm, am rechten Arm. Schienbein gestaucht.

Vier Wochen Matratzenhorchdienst, sagt der Onkel Doktor, den Klara anschleppt.

Nix mehr Salem ohne. Das ist endgültig vorbei.

Und der Sensenmann legte seine Sense zur Seite und stieg auf den Mähdrescher, denn es war Krieg.

Ich bin der Sensenmann.

## 44

Eine Woche drauf brennt die Küche vom *Blauen Ochsen.* Rüdiger wollte Pommfritz lernen und hat das Fett überhitzt.

Mische mich unter die Löschmannschaft.

Mit schlechtem Gewissen. Wollte ihn überreden, aus echten Kartoffeln echte Pommes herzustellen. Auf klassische Art und Weise.

Das Blöde ist nur, ich kann das selber nicht. Aber Frika will unbedingt Pommfritz haben, und niemand möchte ihm diesen Wunsch abschlagen.

Die Maßnahme dient seiner Entwöhnung von Edda. Mit Pommes und Coke. Und Nachhilfe im Schreiben und Lesen, die ich gezwungenermaßen vom Bett aus machen muss.

Der Brand wird gelöscht, ganz ohne Feuerwehr. Rüdiger verspricht Besserung, bietet Kartoffelrösti als Ersatz. Frika bockt.

Besteht weiterhin auf Pommfritz. Will ansonsten noch immer zurück zu Edda.

Ich sage ihm, Edda weilt zum Kuraufenthalt in der fernen Lüneburger Heide.

Derweil hat sich Lieselotte den Abgeordneten Gerd Gredinger vorgenommen, den Nachrücker für Heinz Pongratz, der so plötzlich verschwunden war.

Verbindungen zur Wirtschaft. Konflikte um gut dotierte Aufsichtsratsposten. Kollidierende Interessen.

Seltsame Allianzen. Kungeleien in Hinterzimmern. Wärs nicht wahr und traurig, wärs ein Klischee.

Ist aber so.

Ergebnis gleich Null.

Aber etwas anderes hat Lieselotte geschafft.

Bertil Lanski hat geplaudert. In den schwarzen Säcken im Beton steckte Willi Merkel, das Ferkel, ein Bordellbesitzer aus Pasing. Und Sepp Borster, genannt Boobster, Reisender in Mädchensachen. War viel im Osten unterwegs. Mitunter auch in Asien und Afrika. Sogar aus Neuseeland lockte er die Girls an. Ritt sie zu, machte den Handel perfekt.

Für extra dicke Kohle.

Ferkel und Boobster. Kein Verlust für die soziale Marktwirtschaft.

Gerade hockt Kollerjan bei mir, der Brotzeitholer vom Münchener Chapter der Hells Angels. Erzählt mir voll Begeisterung, dass sie ihn zum Schatzmeister gemacht haben. Besucht seit Neuestem ein Fitnessstudio, wo er fleißig trainiert. Zeigt mir seine Muckis. Will auf die große Reise gehen, mit seinen Kumpels.

Route 66, von Chicago quer durch den Kontinent bis zur Westküste.

*Get your kicks on Route 66.*

Und anschließend noch ein Abstecher nach Las Vegas. Alles bis ins Detail geplant und bezahlt von Papi.

Solltest noch warten, sage ich.

Warum, Valentin?

Gibt eine da grausige Bude in der Boschetsrieder Straße. Nennt sich Tor SteinHart. Die Jungs dort sind aus irgendwelchen Gründen sauer auf euch. Ist wohl der Neid. Nennen euch Osterhasen auf Schaukelpferden.

Osterhasen auf Schaukelpferden? Die Hells sind keine Osterhasen auf Schaukelpferden. Das weiß jeder.

Aber die wissen es nicht. Sollte man ihnen vielleicht mal verklickern. Wenn ihr vor eurer Reise noch Zeit habt.

Wo ist noch gleich der Laden?, fragt Kollerjan.

Tor SteinHart. Boschetsrieder Straße.

Die *KaterTod*-Allianz ist versickert.

Ludwig hat den Stecker gezogen. Sündteuer, jede Menge Kollateralschäden, zu viel Krawall. Knilli pflegt seine Blähleber, Frauke ihre Migräne und Rothändle ist der Zaster ausgegangen.

Doppel-Didi hat deswegen eine würdige Abschlussfeier ausgerichtet.

Ohne Alkohol, versteht sich.

Die verbliebenen Reste der Aktion wurden verpanscht und in die Vogeltränke im Biergarten hinter dem Haus gekippt.

Sepp Doll quälte das Schifferklavier, Rüdiger kredenzte falschen Kaviar.

Die ganze Litanei quer durchs Gemüsebeet, ein fröhliches Gemisch in allen Farben: Gin, Whisky, Brandy, Wermut, Escorial grün, Blue Curaçao, Ettaler Klosterlikör. Meine Flasche Bauertrunk.

Hoch gings her an der Vogeltränke.

Die Spatzen tanzten Tango.

Die Blaumeisen sangen im Duett.
Zwei Elstern kotzten falsche Klunker.
Ein Buntspecht verhackte sich in der Klotür.

Später behauptete Klara, der Specht habe heftig geschnarcht.

## 45

Ein Fax flattert auf den Küchentisch, während ich mit Rüdiger die neue Speisekarte bespreche. Klara hat es gebracht. Seit ihr Nail-Service-Shop geschlossen ist, übernimmt Klara Imhof immer mehr die Geschäftsführung im *Blauen Ochsen*.

Die Gäste kommen zurück. Es hat sich herumgesprochen, dass das Speisenangebot internationaler geworden ist. Das zieht auch junge Leute an.

Ludwig hat sich vollkommen zurückgezogen, ist kaum noch am Stammtisch zu sehen. Er plant wohl seine Reise nach Griechenland.

Es sei ihm von Herzen vergönnt.

Ein kryptisches Fax.

Staneck-Pohl bearbeitet Unfall Abegg Waldemar. Wenn schuldig, abtauchen.

Kein Absender, keine Unterschrift. Ich studiere die Fax-Adresse: Rischarts am Marienplatz.

Das kann nur Reginald Prall sein, die brave Polizisten-Anarcho-Seele.

Draußen rumort es. Eine harte weibliche Stimme. Ich luge ums Eck. Modisches Outfit, sportliche Figur, aschblondes Kurzhaar, knapp unter vierzig. Jedenfalls hat die Frau Geschmack.

Kriminalhauptkommissarin Staneck-Pohl von der Münchner Mordkommission, sagt sie und zückt ihren Ausweis. Ich würde gern Herrn Valentin Gaukler sprechen. Ist er anwesend?

Nein, grummelt Sepp Doll.

Verreist, sagt Frauke.

Bei seiner Freundin, sagt Knilli.

Freundin? Wohnhaft wo?, fragt Frau Doppelnam-Bindestrich.

Habs vergessen, sagt Knilli.

Den Rest des Gespräches höre ich nicht mehr, denn Rüdiger hat mich bereits durch die Hintertür nach draußen bugsiert.

Rosselinistraße 11, Hinterhaus, 4. Stock, Roman Heinze, keucht er mir ins Ohr. Sein Knoblauchdunst dringt bis in meine innersten Kapillaren. Trotzdem bin ich dem Bärenloch dankbar.

Halbe Stunde später lande ich in der Rosselinistraße 11, Hinterhaus, bei Roman Heinze.

Schweigend lässt er mich eintreten, schweigend weist er mir ein Zimmer mit karger Bettstelle, Tisch und Stuhl zu, schweigend verlässt er mich wieder.

Roman Heinze ist ein kleiner Mann mit schütterem Haar, einer mehligen Visage und tausend Ringen unter den Augen. Er trägt die Montur eines Kochs. Damit ist alles erklärt.

Roman kennt Rüdiger, Rüdiger kennt Roman.

Ihr Verhältnis zueinander interessiert mich nicht, aber mir ist klar, dass Roman Heinze nichts mit all dem zu tun haben will.

Schweigend legt er Handtuch und Waschlappen auf den Tisch und verzieht sich.

Ich liege im Bett. Nachdenken. Hab zwar keine Klamotten dabei, dafür aber das Handy.

Funke Lieselotte an. Keiner da.

Versuche es bei Prall, unterbreche aber die Verbindung, noch ehe er abheben kann. Zu gefährlich.

Trotzdem. Es muss sein. Ich will unbedingt wissen, was Frau Doppelnam-Bindestrich im Schilde führt.

Prall meldet sich, ist aber offensichtlich nicht allein in seinem Büro.

Jawohl, Herr Staatsanwalt, sagt er, die Akte Abegg Waldemar wurde gestern auf dem Dienstweg an Frau Hauptkommissarin Staneck-Pohl von der Mordkommission weitergeleitet. Fähige Frau, ja, da haben Sie recht, Herr Staatsanwalt. Nicht umsonst hat man ihr den liebevollen Spitznamen Schrapnell verliehen. Neinnein, ich habe nichts gegen Frau Hauptkommissar. War nur eine Nebenbemerkung, Herr Staatsanwalt. Keine Ursache, Wiederhören.

Das Gespräch endet abrupt.

Nun weiß ich, Frau Staneck-Pohl ist gefährlich. Durchsetzungsfähig. Ehrgeizig. Man muss sich in Acht nehmen.

Die Lady will was werden.

Aufsteigen in der Hierarchie.

Hat Ambitionen.

Das sind die Widerlichsten.

In der Nacht liege ich wach. Fremde Geräusche umgeben mich, behindern Gedankenspiele.

Soll ich zu Lieselotte? Zu Klara Imhof? Zu Edda?

Soll ich mich stellen? Mich dem Schrapnell ausliefern? Da kann ich gleich in die Isar gehen.

Dass die Sache mit Abegg ein Fehler meinerseits war, ist mir längst bewusst. Ich hätte den Kerl nicht aus Opas Fenster schubsen dürfen. Aber was solls? Passiert ist passiert, da beißt die Maus keinen Faden ab.

Das Handy summt. Rüdiger.

Es gibt einen Zeugen, sagt er. Erzählt jedenfalls die Tante von der Polizei.

Einen Zeugen?, frage ich harmlos, obwohl ich es längst besser weiß. Wie hast du das nur wieder herausgekriegt?

Hab meine Spezialtorte serviert. Marzipan auf Mohn. Zwei Stücke hat sie verkostet. Dabei haben wir nett geplaudert. Allerdings zwei schmale Stücke, wegen ihrer sportlichen Figur.

Wie heißt der Zeuge?

Otto Prackelt. Freimann. Kavalleriestraße 309. Oberstes Stockwerk.

Prackelt sagt mir nichts.

Arbeitet offenbar bei einer Baufirma. Hat den Fenstersturz vom Abegg gesehen, sagt die Bullenfrau – es kommt wer, ich muss auflegen. Halt die Ohren steif, Valentin.

Das Handy schweigt.

Prackelt, Otto? Otto Prackelt?

Großes Rattern im Stammhirn. War da nicht der Fahrer von einem Betonmischer? Otto hieß der: vielleicht Otto Prackelt? Gut möglich.

Nach einem Kaffee und einem Nusshörnchen im Backshop mache ich mich auf zur Kavalleriestraße in Freimann.

Zu Fuß eine schöne Strecke.

Zum Glück scheint die Sonne.

Klingeln. Nichts.

Eine Oma mit Rollator kommt aus der Haustür, und ich schlüpfe hinein. Drinnen riechts nach Kohlrouladen. Warum riecht es in solchen Häusern ständig nach Kohlrouladen? Nicht nach Käse oder Fisch oder nach Bohnerwachs wie in einer Schule, sondern immer nach diesen verdammten Kohlrouladen? Muss Rüdiger fragen, vielleicht weiß der eine Antwort.

Vierzehn Stockwerke. Kein Lift.

Ich schau mich um. Aufgebrochene Briefkästen. Graffiti an den Wänden. Hakenkreuze, erigierte Penisse. Oder coole Sprüche.

Esse nie gelben Schnee!

Auch Luftballons haben Platzangst!

Hunde, die schielen, beißen daneben!

Hier leben Menschen mit negativer Vermögensbildung. Die Armee der Unsichtbaren. Alte Leute, Behinderte. Minderheiten oder Outlaws, die man nicht wahrnimmt und mit denen keiner was zu tun haben will. Hier gibts keine Gentrifikation; diese Gegend ist kaputt.

Ich klingle an Prackelts Wohnungstür. Klopfen, Pochen, Rufen.

Keiner daheim.

Das bedeutet warten.

Es dunkelt bereits, da kommt er angewackelt. Otto Prackelt. Groß. Breit. Blaue Arbeiterkluft. Bierwampe bis auf die Knie. Käppi nach hinten geschoben. Wie der das bis in den 14. Stock schafft, ist mir ein Rätsel. Jedenfalls könnte er dabei abnehmen. Tut er aber nicht. Zwei Sixpacks Pils baumeln an seinen Armen. Der Trunk zur guten Nacht.

Kaum steckt der Schlüssel, drücke ich ihn in die Wohnung. Er plumpst auf den Boden, bleibt hocken. Ich stehe vor ihm, drohend, finster.

Finde den Lichtschalter.

Otto robbt voraus ins Wohnzimmer. Ich trage die Sixpacks hinterher. Öffne zwei Dosen, werfe ihm eine zu. Er hockt weiter auf dem dreckigen Teppichboden. Wir trinken.

Bis hierher ist Friede. Otto wartet. Will sich eine Zigarette anstecken, ich schlage sie ihm aus dem Mund, werfe das Feuerzeug gleich hinterher.

Wir knacken das zweite Pils.

Wer bist du überhaupt?, sagt Otto und rülpst fünf Minuten lang. So sicher fühlt er sich.

Ich bin der böse Mann, der dir weh tut.

Was willst du von mir?

Du bist Zeuge in einem Mordfall?, sage ich.

Logo. Hab alles gesehen.

Was? Was hast du gesehen, Otto?

Dass dieser Kerl aus dem Fenster geschmissen worden ist.

Welcher Kerl? Wie hieß der noch gleich?

Albert oder so.

Was haben sie dir bezahlt?, sage ich.

Mir hat keiner was.

Weiter kommt er nicht. Ich zerquetsche meine Bierdose und stecke sie ihm in den Mund, dass er gurgelt.

Was hast du gesagt?, sage ich.

Ummmppf, sagt Otto.

Ich ziehe die Dose wieder heraus. Springe auf seine Wampe, dass er das Frühstück verliert: Bröseldöner.

Schweres Ächzen.

Also?, sage ich.

Nichts, sagt er.

Gut. Behaupte nachher bloß nicht, ich hätte dich nicht gewarnt.

Was hast du vor?, sagt er rülpsfrei.

Wie bei einer peinlichen Befragung üblich, zeige ich zuerst die Folterinstrumente. Schweizer Armeemesser, schwere Ausführung.

Messer. Gabel. Schere, Korkenzieher. Schraubendreher. Große und kleine Klinge. Zahnstocher, Brennglas und Pinzette. Das komplette Arsenal.

Otto will flüchten, kommt aber nicht hoch, weil ich auf seinem Bierfriedhof parke.

Der Zahnstocher landet in der Nase. Otto wehrt sich. Vergebens.

Der Zahnstocher wandert tief hinein in die Ohren.

Otto wird frech.

Ich knalle ihm eine, zwei, drei.

Es folgt meine Version von Bier-Boarding. Voll effektiv.

Hugo Schädel, gurgelt Otto.

Wie viel hast du dafür gekriegt, dass du mich bei der Polizei denunzierst?

500.

Nur 500? Das sind Almosen.

Ich werfe die leere Büchse weg, öffne eine neue. Otto sieht es.

Du ziehst die Aussage zurück, sage ich. Kannst dich nicht mehr erinnern. So einfach ist das, Otto Prackelt.

Niemals, gurgelt er verzweifelt.

Auch gut, sage ich nach einem kühlen Schluck. Wie wäre es damit: Ich stecke der Frau Kommissarin Doppelnam-Bindestrich, dass ihr nachts auf den Baustellen Menschen im Beton versenkt?

Gewaltige Pause. Otto denkt. Gewaltige Pause.

Wird gemacht, sagt er und reicht mir die Hand.

Versprochen?, sage ich und schlage ein.

Schnell nickt er. Noch einmal davongekommen. Ist nicht einfach, das Leben in der wilden Stadt.

## 46

HEUTE WEGEN BETRIEBSAUSFLUG GESCHLOSSEN steht auf der Pappe, die ich an den Türknauf vom *Blauen Ochsen* hänge.

Das Sammeltaxi wartet schon. Darein steigen Doppel-Didi, Frauke, Sepp Doll mit dem Schifferklavier, Rothändle, Karibik-Kurt, Klara Imhof mit Frika sowie Harnotto.

Ich fahre mit Ludwig voraus, sein Koffer ruht auf dem Rücksitz.

Rüdiger hält die Stellung in der Küche, Lore Frenz ist wieder bettlägerig.

Ludwig Hinterhalter geht auf seine Reise. Erst mit dem Intercity Richtung Bologna und Ancona, an der Adriaküste runter bis zur Überfahrt nach Kreta.

Hinten beim Koffer fährt die Klagemauer mit. Theo hat es sich nicht nehmen lassen, für Ludwig ein Gebetbuch mit schön gemalten Bildern zu kaufen. Er soll es bei der Überfahrt auf dem Schiff lesen, wenn die böse Seekrankheit zuschlägt.

Frika hat eine Flöte mitgenommen, die er einhändig blasen kann, um Sepp Doll zu begleiten.

Bevor wir abfahren, werfe ich einen Blick in die Runde. Eigentlich wollte Lieselotte bei uns sein. Aber sie taucht nicht auf.

Pünktlich erreichen wir München Hauptbahnhof, Gleis Sieben, Intercity nach Bologna über Innsbruck, Bozen, Florenz.

Geplärr aus allen Lautsprechern.

Hastende Menschen mit Koffern, Trolleys, Taschen.

Abschiedstränen, Begrüßungsküsse.

Wir mittendrin.

Noch achtzehn Minuten bis zur Abfahrt.

Wir stellen uns auf, Sepp Doll in der Mitte mit dem Akkordeon, neben ihm Frika mit der Flöte.

Fünf Mal wurde das Abschiedslied geprobt, mit wechselndem Erfolg zwar, aber dennoch mutig und authentisch. Wir haben uns – nach langer Diskussion – für den Song *Griechischer Wein* des Österreichers Udo Jürgens entschieden. Es hat uns viel Mühe gekostet, das Lied einzustudieren, das muss ich betonen.

An der vierstimmigen Version sind wir gescheitert, aber schließlich haben wir eine komplette Strophe auswendig lernen können.

Die ersten Töne erklingen. Ludwig weint herzzerreißend. Klara Imhof umarmt ihn.

Wir können nicht weitersingen, auch wir weinen.

Allgemeines Gruppenflennen.

Ludwig geht in die Knie, Knilli und ich zerren ihn hoch, halten ihn fest, damit er nicht kippt.

Nach Ende unserer Darbietung applaudiert der halbe Bahnhof.

Nun folgt der Höhepunkt.

Harnotto stimmt die Saga vom einsamen Reisenden über die Weltmeere an, von Hugo von Hölderin. Ich habe den versierten Komödianten im Verdacht, dieses elende Machwerk selbst in die Welt gesetzt zu haben:

*Aufgewacht mit dumpfem Schädel*
*neben dir ein fremdes Mädel*
*Geld versoffen, Uhr ist weg*
*unterm Fingernagel Dreck*
*ohne Geld und ohne Sorgen*
*so beginnt ein schöner Morgen!*

Jemand zupft mich am Ärmel, zieht mich auf die Seite.

Frau Kriminalhauptdings Staneck-Pohl steht neben mir.

Das Schrapnell blickt mir grimmig in die Augen.

Der Zeuge hat widerrufen, sagt sie.

So?, sage ich und lege eine Prise leichte Verwunderung in meine Stimme.

Ja. Er war bei mir im Präsidium. Die Nase verbunden, rote Ohren, ein blaues Auge. Können Sie mir Näheres erklären, Herr Gaukler?

Gestolpert, sage ich.

Gestolpert?, sagt sie.

Ja. Es kommt vor, sage ich flüssig, dass Menschen stolpern, besonders wenn sie übergewichtig sind.

Woher wollen Sie wissen, dass mein Zeuge übergewichtig ist, Herr Gaukler?

Gefühlte zwei Drittel aller Männer und ein Drittel aller Frauen in der Bundesrepublik Deutschland sind übergewichtig, laut Statistik, sage ich, und in den Vereinigten Staaten von Nordamerika sind es drei Viertel aller Bewohner. Ausgenommen die Apachen und die Comanchen und die Sioux. Das muss man sich mal auf der Zunge zergehen lassen.

Ersparen Sie mir Ihre Suada, faucht Frau Doppelnam-Bindestrich. Sagen Sie mir lieber, was Sie meinem Zeugen angetan haben.

Nix, sage ich bündig.

Das glaube ich Ihnen nicht, sagt sie.

Übrigens, sage ich, könnte Ihnen das nie passieren, das mit dem Übergewicht.

Meinen Sie?, sagt sie, leichtes Lächeln nistet plötzlich in ihren Augenwinkeln.

Nein. Denn Sie, verehrte Frau Kriminalhauptdings sind in der Form Ihres Lebens, wenn ich mir so Ihre Model-Figur betrachte.

Finden Sie?, haucht sie.

Nix mehr Schrapnell. Nix mehr Kriminalhauptdings. Nix mehr Ermittlerin. Nur noch eine charmante junge Lady. Ich könnte sie küssen, so, wie sie jetzt strahlt.

Jedoch darf man die Nähe zur Staatsgewalt niemals nicht und keinesfalls übertreiben.

Entschuldigen Sie mich bitte, sage ich, ich habe hier einen lieben Menschen zu verabschieden.

Damit lasse ich Frau Doppelnam-Bindestrich allein. Harnotto beendet seine Ode an die Reise, Ludwig weint, die Gesellschaft weint, eine zufällig vorbeikommende Zugbegleiterin weint, daneben weinen zwei Ordensfrauen mit Flügelhauben; es fließt ein Meer von Tränen.

Ein aufrichtender, ein denkwürdiger, ein erhöhender Moment. Leider habe ich keinen Fotoapparat bei mir.

Plötzlich verschwindet Ludwig im Intercity. Taucht wieder auf, seinen Koffer in der Hand.

Ich kann nicht, greint er.

Was kannst du nicht?, sagt Theo Birk.

Fahren, sagt Ludwig.

Warum denn nicht?, sagt Sepp Doll.

Es ist doch alles bezahlt und gebucht, sagt Klara.

Weil ich nicht kann, sagt Ludwig und verstummt.

Das Sammeltaxi bringt uns zurück zum *Blauen Ochsen*. Rüdiger steht in der Tür.

Ich habe ein Empfangs-Menü kreiert, sagt er. Zu Ludwigs Heimkehr.

Wie kannst du wissen, dass Ludwig nicht fährt?, fragt Klara.

Die Antwort geht im allgemeinen Tumult unter.

Mitten in der Nachspeise mit Pistazieneis auf heißen Himbeeren und weißem Rum meldet sich mein Handy.

Lieselotte wird vermisst, sagt Reginald Prall.

## 47

Weit nach Mitternacht sitze ich in Pralls Büro.

Seine Augen zieren dunkle Augenringe. Ich frage ihn, was er so spät noch in seiner Amtsstube zu suchen hat.

Vermisste, sagt er, ich suche Vermisste. Es werden immer mehr, und ich habe nicht den Hauch eines Beweises, was da vor sich geht. Es ist zum Kotzen.

Ich könnte ihm was über Lieselottes Helikopter-Aufzeichnung erzählen. Aber das ist jetzt nicht das Thema.

Was ist mit Lieselotte?, frage ich.

Die Nachbarin hat bei uns angerufen, sagt Prall, die Wohnungstür stand sperrangelweit offen. Da hat sie reingeschaut. Alles verwüstet. Von Frau Bachleitner keine Spur.

Lieselotte heißt Bachleitner?

Genau. Ich kenne ihre Firma, die LiLoSec. Hab ihr ein paar Tipps gegeben. Kluge Frau und hübsch dazu. Und jetzt das. Ich wollte zu ihrer Wohnung fahren, komme hier aber einfach nicht weg. Frau Bachleitner ist die fünfte Vermisste in dieser Woche. Und heute haben wir erst Dienstag. Auf Merkel und Borster kann man ja gerne verzichten. Auf Lieselotte nicht.

Wann kam der Anruf der Nachbarin?, frage ich.

Vor einer Stunde, sagt Prall.

Sein Telefon läutet, er geht ran.

Ich mache mich aus dem Staub.

Die Nachbarin lässt mich ein. Dann bin ich allein in Lieselottes Wohnung. Das kuschelige Wohnzimmer ist verwüstet. Ein Sessel aufgeschlitzt, Schubladen geleert, Getränke auf den Teppich und gegen die Wand gespritzt.

Im Schlafzimmer das gleiche Bild.

Meine Wut erreicht ungeahnte Höhen.

Die Nachbarin ist mir gefolgt, reicht mir ein silbernes Schlüsselchen.

Herr Valentin Gaukler?

Bin ich, ja.

Den soll ich Ihnen geben, falls was passiert. Gehört zum Medizinkästchen im Flur.

Ich nehme das Schlüsselchen und öffne das stählerne Behältnis neben der Garderobe. Es ist ausgestattet mit einem Sicherheitsschloss.

Briefkastenschlüssel, Autoschlüssel, Garagenschlüssel, Dachbodenschlüssel, sauber beschriftet.

Ich drücke gegen die Rückwand, gegen den Boden. Nichts. Erst als ich die Oberkante abtaste, erfühle ich den silbernen USB-Stick.

Am letzten unbeschädigten Computer zeigt sich sein Inhalt.

Der Heli-Film des Doppelmordes.

Die Aufzeichnung der Vorstandssitzung zur Causa Friedrich Karl Alexander Imhof.

Ein von Lieselotte decodiertes Inserat aus den dunklen Tiefen des Internets:

*Ordinary person: 40.000 €*
*Journalist: 60.000 €*
*Criminal person: 70.000 €*
*Mafia member: 90.000 €*
*High rank government official: 100.000 €*

Kein Absender. Keine Kontaktdaten. Dennoch unverkennbar das Angebot eines professionellen Auftragskillers. Oder der Mörderfirma unter dem Schirm der Erweckten.

Es folgt eine sehr private Ansprache von Lieselotte Bachleitner:

Videobotschaft an Valentin Gaukler. Falls mir etwas zustößt, entferne den Kosmetikspiegel im Bad. Dahinter befindet sich ein schwarzer Umschlag mit der Aufschrift »In finsterer Nacht«. Darin Dokumente zum Verschwinden von Personen auf Baustellen im Bereich München. Übergib den Inhalt einschließlich des USB-Sticks der Polizei, wenn du magst.

Mag ich nicht, sage ich heftig. Die Drecksäcke, die das gemacht haben, gehören mir. Nicht dem Prall, nicht der Kriminaldings Doppelnam-Bindestrich, sondern mir ganz allein. Ich werde diese Schlangengrube ausräuchern, sie entkernen, enthirnen, ihr den Weg zur Hölle weisen, und wenn ich selber dabei draufgehe.

Bei einem Schluck Malvasía Rosada verbringe ich die nächsten Stunden damit, den Inhalt des Kuverts in finsterer Nacht zu studieren.

Jede Menge Dokumente. Erpresste Geständnisse von Menschen, die anschließend im Beton versinken. Wozu das alles? Zur Besänftigung des schlechten Gewissens?

Ich kann mir beim besten Willen nicht vorstellen, dass diese Mörderbande überhaupt so etwas wie ein Gewissen besitzt.

Dann der Auftritt des Gurus mit dem roten Bart, Kurt Wollkenstein *himself* in Wort und Bild.

Die sprechende Hecke entblödet sich nicht, ein persönliches Manifest abzulassen.

Mir reichen wenige Sätze, dann schaue ich weiter. Der Kerl gehört schnellstens aus dem Verkehr gezogen. Wenn er tatsächlich hinter der Entführung von Lieselotte steckt, ist er sowieso fällig.

*Fuhgetaboudit …*

Das letzte Dokument überrascht mich mehr als alles andere: ein bei einem Notar hinterlegtes Testament. Es besagt, dass im Todesfall von Lieselotte Bachleitner ihr gesamter Besitz samt ihrer Firma LiLoSec auf Valentin Gaukler übergeht.

So ist das Leben – mal bist du der Hund, mal bist du der Baum.

Warum kann ich nicht lachen?

Die Sonne steht bereits am Himmel, als ich mit all den Unterlagen das Haus verlasse.

## 48

Wenn man bei dem Wort »Mama« vier Buchstaben ersetzt, ergibt sich plötzlich das Wort »Bier«, sagt Friedrich Karl Alexander bündig.

Wir sitzen in der Gaststube vom *Blauen Ochsen* und üben Schreiben und Lesen und ein bisschen Rechnen.

Ich bin nicht ganz bei der Sache, sonst hätte ich den Blödsinn mit der Mama und dem Bier auf keinen Fall durchgehen lassen.

Lieselottes Testament beschäftigt mich fast mehr als ihr plötzliches Verschwinden. Natürlich erbe ich nichts von ihrem Besitz, denn über kurz oder lang taucht sie wieder auf.

Klug und schön wie immer.

Vier mal drei ist elf, sagt Frika.

Zehn, sage ich.

Zwölf, sagt Klara, die sich zu uns gesetzt hat.

Stimmt, sage ich.

Rüdiger kommt an unseren Tisch, als Frika die Hefte wegpackt.

Der Junge kann bei mir anfangen, als Lehrling, sagt der Meisterkoch.

Danke, sagt Klara.

Ich werde niemals Koch, sagt Frika. Ich werde ein großer Trompeter.

Mit dieser Prothese?, sage ich.

Friedrich Karl Alexander schweigt. Ich erkenne Tränen in seinem Gesicht. Bin zu weit gegangen.

Ein Vorschlag, Frika, sage ich. Du lernst Koch bei Rüdiger, bis wir eine moderne Prothese für dich finden. Dann kannst du immer noch Trompeter werden.

Seh ich keinen Sinn drin, knautscht er.

Der Sinn liegt in der Tatsache, dass du dann auf zwei Berufe zurückgreifen kannst. Findest du als Koch keine Arbeit oder macht sie dir keinen Spaß mehr, arbeitest du als Trompeter. Und umgekehrt.

Valentin hat recht, sagt Klara.

Was ist jetzt?, sagt Rüdiger.

Schlag ein, sage ich.

Frika ziert sich, schlägt aber dann doch ein. Klara ist die Erleichterung ins Gesicht geschrieben. Heimlich drückt sie mir einen Kuss auf die Wange. Dann ziehen Mutter und Sohn ab.

Ludwig bringt Edelstoff. Hat sich wieder gefangen. Überlässt Rüdiger und Klara die Arbeit. Sieht, dass der *Blaue Ochse* läuft. War ja nicht immer so. Es gab Zeiten, da hockten wir allein am Stammtisch. Aber seit Rüdiger zeitgemäß kocht, füllt modernes Publikum den Laden.

Ich mache mir Sorgen um Lore, sagt Ludwig nach einem Schluck aus der Flasche.

Wie gehts ihr denn?, frage ich.

Es war ein Fehler, ihr das Haus zu überschreiben, sagt er, sie verkraftet das nicht. Ich hätte es wissen müssen. Jetzt ist es zu spät.

Du könntest den *Ochsen* wieder zurückkaufen, sage ich matt, aber der Vorschlag ist natürlich purer Blödsinn.

Plötzlich steht Klara vor uns.

Lore schickt mich. Es geht ihr schlecht. Ihr sollt zu ihr kommen. Beide.

Lore Frenz liegt im Bett, halb versteckt unter den weißen Laken. Ihr Gesicht ist bleich wie der Mond, die Wangen eingefallen, das Gebiss ruht auf dem Nachttisch. Ihre Stimme ist ein Windhauch.

Ludwig, ich gehe.

Ja, Lore. Wenn du meinst.

Warum denn?, sagt Klara.

Ich bin müde, Kind, so müde. Ich möchte schlafen.

Schlafen kannst du doch auch hier bei uns.

Lass sie, sagt Ludwig. Lore hat immer gewusst, was zu tun ist, und sie wird es auch jetzt wissen, nicht wahr, mein Augenstern?

Augenstern hast du mich schon lange nicht mehr genannt, Ludwig, sagt Lore.

Augenstern, sagt Ludwig und nimmt ihre Hand.

Lore Frenz wird still. Schließt die Augen. Atmet flach.

Ich stehle mich davon. Ein solcher Abschied ist nichts für einen groben Hund wie mich.

Nach einer Stunde sind Ludwig und Klara wieder bei uns am Stammtisch.

Es geht ihr gut, sagt Ludwig.

Er ist mein Papa, sie hat mir alles erklärt, sagt eine heitere Klara.

Wir sollen dich grüßen, sagt Ludwig und bringt statt Bauerntrank einen köstlichen Edelbrand. Da erst erkenne ich, wie nah ihm die Sache mit Lore gegangen ist.

Sie müsste zur Kur, sage ich.

Du auch, sagt Klara zu Ludwig.

Der brummt und schüttelt den Kopf.

Wir sind beim dritten Bier an diesem heiteren Nachmittag, da meldet sich mein Handy. Zunächst kann ich den Anrufer nicht identifizieren; der Empfang ist miserabel.

...lotte ... bin ... Rast... Holz... weiß... Kombi Kennz... Valen... Hilfe ...fe.

Zwei Sekunden später starte ich den Wagen, rattere los, breche sämtliche Geschwindigkeitsgrenzen, werde acht Mal geblitzt.

Ist egal.

Nach neunundzwanzig Minuten erreiche ich die Raststätte Holzkirchen an der Autobahn A8 Richtung Salzburg. Auf den ersten Blick sehe ich die rotierenden Blaulichter. Springe aus meiner Kiste, sprinte zu dem weißen Kombi, der von Polizisten umstellt ist. Dabei auch Frau Doppelnam-Bindestrich in Zivil.

Die interessiert nicht.

Was ist da los?, brülle ich einen Uniformierten an, dem eine MP5 um den Hals hängt.

Gehen Sie zurück, sagt er barsch.

Ich knalle ihm eine, dass sein Käppi fliegt. Renne zum Kombi, reiße die Tür auf.

Lieselotte schreit.

Ein Schuss.

Ich zerre sie aus dem Wagen, sie fühlt sich seltsam matt an.

Valentin.

Dann ist die Frau, die ich heiraten wollte, tot.

Hände reißen mich zu Boden.

Schreie, Schüsse.

Eine Explosion in unmittelbarer Nähe.
Benzinfressende Flammen.
Die Welt versinkt in einem Feuerball.

Frau Doppelnam-Bindestrich hockt an meinem Bett. Ich kann mich nicht bewegen, starre an die Decke des Krankenzimmers. Es riecht nach Chloroform, nach Verbandszeug, nach Krankheit und Verwesung.

Lieselotte?, frage ich.

Tot, sagt die Hauptkommissarin.

Da will ich hoch, aus dem Bett, davon. Etwas hält mich fest, hält mich gefangen.

Bin eingesperrt in Gips. Meine Hände, die Arme, die Füße.

Auch das Gesicht?

Einen Spiegel bitte, nuschle ich.

Nein, sagt die Stimme neben mir.

Wieso nicht, Frau Staneck-Pohl?

Bitte nur noch Staneck. Bin geschieden.

Seit wann?

Geht Sie nichts an. Sagen Sie mir lieber, welcher Teufel Sie geritten hat, den Kombi zu stürmen? Wir hatten die Situation im Griff, bis Sie aufgetaucht sind.

Wollen Sie damit sagen, ich hätte Lieselotte auf dem Gewissen?

In gewisser Weise, ja.

Sie spinnen, Frau Kriminaldings.

Von mir aus. Jedenfalls bekamen wir einen Hinweis von unseren Zivilfahndern, die ständig auf der A8 unterwegs sind. Ein verdächtiges Fahrzeug bewege sich mit unnatürlich überhöhter Geschwindigkeit in Richtung Österreich. Das Autokennzeichen kam dem aufnehmenden Beamten bekannt vor. So wurde ich informiert. Den Rest haben Sie verbockt, Sie Gefühlslegastheniker.

Vor Scham versinke ich im Gips. Stelle mich mausetot. Will nicht mehr denken, nicht mehr reden, nicht mehr sein.

Die Staneck lässt mir keine Ruhe.

Geben Sie gefälligst eine Antwort, wenn Sie gefragt werden, Gaukler. Was haben Sie sich bei dieser hirnrissigen und lebensgefährlichen Wildwest-Aktion gedacht?

Nix.

Das dachte ich mir, sagt sie.

Bin ich jetzt verhaftet? sage ich.

Quatsch. Lieselotte Bachleitner wurde aufgrund Ihrer Aktion von dem Entführer erschossen. Leider hat sich der Mann anschließend selber gerichtet. Wir sind wieder einmal zu spät gekommen.

Abrupt steht Frau Kriminaldings auf.

Männer wie Sie sind Flaschen, und ihr Leben ist verkorkst, Gaukler. In meinen Augen sind Sie ein elender Versager. Ich will Sie nie mehr sehen. Haben Sie mich verstanden? Nie mehr!

Stumm geht sie.

Hört nicht mein Schluchzen, sieht nicht die Tränen, spürt nicht den übermächtigen Schmerz, der meinen Leib abschnürt wie ein schwarzes Stahlseil.

Vernimmt nicht das Stöhnen, das aus meinem Mund zum Himmel aufsteigt und an der Zimmerdecke verreckt.

Was bin ich bloß für ein Vollpfosten?

Mein Kopf gleicht einem stinkenden Männerklo. Die schmutzige Unterwäsche meiner Existenz.

Mein Großvater sagte immer, trinke nie zu viel, denn die letzte Flasche, die umfällt, könntest du selber sein!

Es ist so weit: Ich falle und versinke im Selbstmitleid.

## 49

Der Herbst.

Lore Frenz ist am 18. Oktober verstorben, liegt am Ostfriedhof. Hat Klara testamentarisch den *Blauen Ochsen* vermacht. Ludwig besucht seinen Augenstern jeden Tag. Klara so oft sie kann.

Frika weniger, Rüdiger hat ihn hart an der Kandare. Dem Jungen scheint es zu gefallen, jedenfalls hört man keine Klagen.

Am Stammtisch wird wieder Schafkopf gespielt, wie in alten Zeiten.

Viel besser als *KaterTod*.

Viel besser auch als alle Unterführungsfischer dieser Welt.

Harnotto probt den *Theatermacher* von Thomas Bernhard. Eine Probeaufführung besuchten lediglich drei Personen. Ludwig, Klara und ich.

Meinen Rat, einen Schwank oder eine Posse auf die Bretter zu stellen, ignoriert er tapfer.

Der *Blaue Ochse* ist zur In-Location geworden, zum Event mit Salatbar, Brunch und Midnight-Dinner.

Sepp Doll übt Jazz und Swing auf dem Schifferklavier. Edda ist als sexy Bedienung unterwegs.

Rüdiger, die Büfettfräse, hat wohl endlich seine Bestimmung gefunden.

Klara Imhof ist ihm nah, hat nach all den düsteren Jahren den Nudel zum Teufel gejagt.

Und Frika, es ist nicht zu fassen, hat eine Freundin. Ist knapp fünfzehn, sieht aus wie fünfundzwanzig, heißt Maria und trägt blondes Haar bis zum süßen Po.

In der Zeitung stand, ein Krieg unter Rockern habe ein Ladengeschäft in der Boschetsrieder Straße in Schutt und Asche gelegt. Die Hintergründe des Falles sind nicht bekannt, die Polizei tappt im Dunkeln.

Das Chapter der Münchner Angels hat einen neuen, etwas weniger gewalttätigen Boss. Hab ihn leider noch nicht getroffen.

Es könnte so schön sein.

Doch da ist Lieselottes früher Tod.

Da sind die Erweckten.

Die Baugruppe. Hugo Schädel, Otto und Bertil.

Kurt Wollkenstein, die sprechende Hecke, mit dem verbrecherischen Geschäftsmodell.

Tote im Beton.

All das muss ein Ende finden. Ohne Polizei, ohne Prozess, ohne Gesetz.

Auge um Auge, Zahn um Zahn.

Für Lieselotte. Für mich.

Für die Welt.

Als Frau Kriminaldings Staneck bei mir anruft, glaube ich zunächst an einen bitteren Scherz.

Prall wird vermisst, sagt sie.

Reginald Prall von der Vermisstenstelle?, sage ich.

Genau der.

Seit wann?

Herr Prall ist vorgestern nicht zum Dienst erschienen, gestern nicht, heute auch nicht. Seine Wohnung wurde von fremder Hand durchsucht und verwüstet.

Wie bei Lieselotte.

Stimmt. Sie haben sich doch oft mit Prall unterhalten, Herr Gaukler. Worum ging es dabei?

Um Vermisste.

In welchem Zusammenhang?

Nur so ganz allgemein, sage ich.

Pause. Die Staneck nippt am Kaffee/Tee/Saft. Denkt nach.

Wir müssen uns treffen, sagt sie dann.

Um acht in Lieselottes, also jetzt in meiner Wohnung, sage ich.

Warum nicht im *Blauen Ochsen*?

Ich muss Ihnen etwas zeigen, sage ich.

Bin früh dran, um Ordnung zu schaffen. Das Wohnzimmer gesaugt. Den Badezimmerspiegel geputzt. Das Schlafzimmer notdürftig gereinigt. Den kaputten Sessel in den Flur gestellt.

Einen Computer gestartet.

Ich bin die Ilse, sagt Frau Kriminaldings, als sie eintrifft und mir die Hand reicht.

Die Ilse-Billse, denn bald willse, fährt es mir durch den Kopf. Ich unterdrücke meine schmuddeligen Gedanken.

Ilse trägt die engsten Jeans, die es auf dem Markt gibt. Waffenscheinpflichtige Pumps in Lila und ein rotes Shirt mit den dünnsten Spaghettiträgern der Welt.

Was hat sie mit mir vor?

Mich verführen? Mich vernaschen? Mir die Wahrheit aus dem Leib vö...lliger Unsinn, was ich da schon wieder imaginiere.

Wir hocken vor dem Monitor, die Bilder laufen. Die bewusste Datei mit Lieselottes Videobotschaft an mich überspringe ich elegant. Ilse merkts nicht.

Noch nicht.

Nach einer Stunde ist Pause angesagt. Wir reden nicht, verarbeiten die Eindrücke.

Gottverdammte Scheiße, entfährt es ihr wie ein Blitz. Das macht sie sympathisch.

So ist es, sage ich matt und starre auf ihren sanft geschwungenen Hals.

Lieselotte, Ilse. Ilse, Lieselotte.

Beim nächsten Treffen muss Ilse sich in einen schwarzen Wintermantel hüllen. Darunter ein bodenlanges Sackkleid aus grauer Wolle und blickdichte Thrombose-Strümpfe. Dazu Bommelhaube und Stiefel bis zum Hals.

Ich packs nicht anders.

Gehen wir was trinken, sagt sie.

Wir landen im *Starbucks*.

Ich schlürfe Espresso doppio mit Unmengen von Zucker.

Zucker bringt Energie, heißt es.

So viel Energie gibt es im ganzen Universum nicht, dass ich einen geraden Gedanken zur Lösung der Probleme ausgraben könnte.

Mir fehlt eine verdammte Kippe. Aber ich will standhaft bleiben. Außerdem haben sie in diesem smarten Laden Rauchverbot.

Ilse nippt an einem Becher Buttermilch. Biertrinker sind die besseren Liebhaber, doch die Milchtrinker sind die besseren Säuglinge. Sagt Sepp Doll. Aber dem sein Lieblingstier ist ja auch der Zapfhahn.

Wir verhaften sie, sagt Ilse nach einer Schweigeminute. Kurt Wollkenstein, Schädel, diesen Anwalt, Otto, den Betonfahrer, Bertil und die anderen.

Die holen sich den besten Anwalt der Republik und lachen uns aus.

Ich fürchte, sagt Ilse, auch Prall ist tot.

Man wird ihn vermissen, sage ich.

Wollen Sie sämtliche Baustellen in München mit Presslufthämmern vom Beton befreien, um ein paar Zufallstreffer zu landen? Das ist kaum durchsetzbar und auch nicht zu bezahlen. Was schlagen Sie also vor?

Wir entführen die Dreckskerle, foltern sie zu Tode und erpressen vorher ihr Geständnis.

Das ist illegal.

Scheißegal, fauche ich.

Und nicht gerichtsverwertbar, sagt Ilse.

Was ist mit der Heli-Aufzeichnung, der abgehörten Vorstandssitzung, den Fotos und den anderen Dokumenten auf dem USB-Stick? Sind die auch nicht gerichtsverwertbar?

Kommt auf den Richter an. Er könnte zu der Auffassung gelangen, alles sei gestellt und hingetrickst, um die Erweckten und Wollkenstein zu diskreditieren. Ein erfahrener Verteidiger zerlegt unsere Indizienkette in sämtliche Bestandteile und verklagt uns auch noch auf üble Nachrede und Rufmord. Das kann sehr schnell sehr teuer werden und mich meinen Job kosten. Verstehen Sie mich nicht falsch, Valentin: Ich bin in dieser Sache ganz bei Ihnen, aber wir dürfen nicht unterliegen. Denn hier geht es um nichts anderes als um organisierte Kriminalität im ganz großen Stil.

Was ist mit Hausdurchsuchungen?, frage ich.

Möglich, ja.

Verhöre, um Widersprüche aufzudecken?

Vielleicht.

Kronzeugenregelung?, frage ich mit letzter Hoffnung.

Kann ich mir ehrlich gesagt nicht vorstellen, sagt Ilse. Diese Verbrecher sind im Sinne des Wortes hart wie Beton. Da ist nichts zu machen.

Dann suchen wir einen Sündenbock.

Ein guter Sündenbock ist fast so gut wie eine Lösung, sagt sie.

Eben.

Das ist mir jetzt echt zu suspekt. Siehe oben: Der Verteidiger zerfetzt unseren Sündenbock.

Gut, sage ich. Also greift Plan B.

Was ist Plan B?, fragt Ilse.

Sag ich nicht, sage ich.

Valentin!

Was denn?

Was ist mit Plan B, du sturer Macho-Idioten-Trottel?

Wir bitten Wollkenstein und seine Bande zu einem fetten Menü in den *Blauen Ochsen*. Wegen Verkaufsverhandlungen. Rüdiger zaubert ein exotisches Essen, und wir plaudern gemütlich.

Und dann?, fragt Ilse.

Dann hauen wir sie in die Fresse.

Ilse schweigt. Sieht mich an. Steht auf, geht zur Tür.

Das hab ich nicht gehört, sagt sie.

Ich hab auch nichts gesagt, sage ich.

Wann?, fragt sie.

Bald.

## 50

Heute ist bald.

Sonntagabend, 19.30 Uhr.

Anwesend sind: Kurt Wollkenstein, die sprechende Hecke mit extra von Henna nachgefärbtem Vollbart, Guru der Erweckten; Dipl. Ing. Hugo Schädel; Rechtsanwalt Dr. Willibald Schmelzle; Teflon-Toni Mussa von der Münchner Aberzeitung.

Auf unserer Seite Frauke mit der Damenspitze, Harry Hoyla mit Edda, Theo Birk samt Krö, Klara Imhof mit Frika sowie Harnotto und Sepp Doll mit seinem alten Schifferklavier.

Als Gaststar tritt auf Kriminalhauptkommissarin Staneck im bezaubernden Anatomy Dress Cocktailkleid; sexy tailliert mit aufwendiger Faltendrapierung in mattem Silber über dem wattierten Brustteil. Am Rücken trägt Ilse lange breite Bänder, die sich weich an ihre schlanken Hüften schmiegen. Damit ist Frau Kriminaldings Staneck ein echter Eyecatcher – und das nicht nur für mich.

Frikas liebliche Freundin Maria bedient zusammen mit Edda die Gäste.

Unser mutiger Koch Rüdiger übertrifft sich wieder einmal selbst.

Vorneweg, als *amuse gueule*, russischen Kaviar. Als *potage* ein Kürbiscremesüppchen mit Fenchel. Als *rôti* einen Burgunderbraten. Zum *desert* Käse, Obst und Petit Fours.

Dazu leichten Weißwein aus Kalifornien. Schweren Imperial Rot Nebukadnezar vom Schweizer Schloss Halbturn. Einen Dettling Wildkirsch aus Österreich.

An jeder Buddel pappt noch das Preisschild.

Der Kalifornier kostet 98 Euro, der Imperial 1.200 Euro und der Wildkirsch 78 Euro.

Im Wildkirsch ist Aldi-Verschnitt, der Imperial enthält Château Migraine, und der Kalifornier Spucke aus Bukarest.

Auf dem Boden neben meinem Stuhl kauert eine Sicherheitspulle Bauerntrank.

Zwischen Süppchen und Braten erhebt sich monumental der Intellektuelle Otto Harn, vulgo Harnotto. Zur Feier des Abends trägt er eine weiße Tunika samt goldenem Lorbeerkranz. Die käsigen Füße zieren Jesus-Latschen.

Hochverehrtes Publikum, ich bringe nunmehr zum Vortrag eine Vorstadtballade sehr frei und ungezwungen nach dem berühmten Wiener Autor Hans Adler. Ich hebe nunmehr an mit der ersten Strophe.

Wie viele sinds denn?, fragt Wollkenstein.

Keine Angst, genug, genug, sagt Harnotto und reckt die Arme gen Himmel.

Ich hebe also an.

Kann ich noch Wein kriegen?, fragt Theo Birk, die Klagemauer.

Ich hebe abermals an, sagt Harnotto.

Mir auch, sagt Harry, der Kalifornier schmeckt übrigens ausgezeichnet. Rüdiger, wo hast du den her?

Aus Los Alamos, brüllt Rüdiger aus der Küche. Ich lass dir bei Gelegenheit eine Palette rüberwachsen.

Danke, brüllt Harry und genehmigt sich noch einen üppigen Schluck.

Ich hebe abermals an, sagt Harnotto. Seine Stimme vibriert.

Ich bin mir nicht sicher, handelt es sich dabei um ansteigende Nervosität, Lampenfieber, Ungeduld oder fette Wut.

Ihr Vater war – wie man erzählt –
mit ihrer Mutter nicht vermählt.
Er war ein Sonderling,
ein Atheist, und nebenbei,
betrieb er eine Schreinerei
in Giesing drin.

Was für eine Schweinerei?, sagt Sepp Doll.

Atheist finde ich böse, sagt Theo.

Wo soll denn diese Schreinerei gewesen sein?, sagt Ludwig am Zapfhahn, ich kann mich nicht erinnern, dass ein Artist in Untergiesing jemals eine Schreinerei besessen hätte. Vielleicht ein Sozialdemokrat oder ein ausgemusterter Vorstopper vom FC Bayern. Aber niemals nicht ein Artist. Das wüsste ich.

Der dämliche Kürbisbumser soll endlich aufhören, sagt Hugo Schädel und wankt hoch. Der Château Migraine hat ihm offensichtlich die Birne zerknallt.

Reden wir nun endlich über die Zentrifikation hier in Untergiesing. Diese Zentrifikation, dem englischen Wort *gentrification* entlehnt, hat seinen Ursprung in der Stadtsoziologie. Er beschreibt sozioökonomistische Umstrukturierungsprozesse in städtischen Wohngebieten als ein phänomenales Phänomen der sozialen Unterwucht. Unterschwucht. Unter… huch!

Sie war schon hübsch und ganz gescheit,
wie sie mit Zopf und kurzem Kleid,
noch in die Schule ging.

Agilolfingerschule oder Silberhornschule?, sagt Ludwig vom Zapfhahn her. Franz Beckenbauer ist in die Silberhornschule gegangen, so viel weiß ich noch. Wie das mit Rudi Brunnenmeier war, habe ich allerdings vergessen. Vielleicht kann sich einer von euch noch an Rudi Brunnenmeier erinnern.

Kann ich, sagt Theo Birk. Brunnenmeier war immerhin Nationalspieler.

Wie Hennes Küppers, sagt Sepp Doll.

Stimmt nicht. Das war Otto Luttrop, sagt Theo.

Die regelrecht gewaltsame Umgestaltung angestammter Milieus, sagt Hugo Schädel, wird dabei an Veränderungen weniger symbolisch wichtiger Plätze und Gebäude wie Kultur- und Statuszeigern festgemacht. Das bedeutet für die Admiralstraße 34, also dieses Gebäude hier. Hier. Dieses hier. Das wollte ich schon lange einmal loswerden. Ich danke allen. Auch meinen Eltern und Geschwistern.

Sie wurde groß und lachte gern,
und ging, weiß Gott, mit jedem Herrn,
mit jedem Herrn,
mit jedem Herrn –

*Herrn* ist das Stichwort für Maria.

Ein Soßenkännchen balancierend, nähert sie sich Kurt Wollkenstein, der gerade von dem falschen Dettling süffelt.

Maria stolpert. Die weiße Flüssigkeit verlässt das Kännchen. Breitet sich auf Wollkensteins Hose aus. Mittig im Schritt.

Der Guru ächzt. Wirft einen verzweifelten Blick auf sein versautes Beinkleid.

Doch da ist Maria bei ihm, beugt sich über seinen Schritt, ihr Dekolleté zeichnet die Konturen seiner Oberschenkel nach.

Es blitzt. Noch ein Blitz und noch einer. Die Aufnahmen sind im Kasten. Klara ist zufrieden; Maria hat prima Arbeit geleistet.

Dafür fällt Wollkenstein aus allen Wolken.

Was soll das werden?, brüllt er.

Ja, was soll das werden?, sage ich so ruhig wie möglich, Sie, verehrter Herr von und zu Wollkenstein, kommen zu uns, wir bewirten Sie wie einen Grafen, einen König, wie einen Kaiser, und was tun Sie? Ihr Adlatus Hugo Schädel, diese Blendgranate, beleidigt uns mit einem Vortrag über Umstrukturierungsprozesse, was so was von ermüdend ist, dass mir und meinen Freunden gleich das große Kotzen kommt.

Weil Sie nichts verstehen, lispelt Hugo Schädel. Inzwischen hockt er auf dem Boden und gafft unter Eddas Minirock.

Ich bemerke mit Entsetzen, sagt Theo Birk, dass Sie und Ihre Räuberbande unsere Admiralstraße und das komplette Stadtviertel zu Eigentumswohnungen und Lofts für reiche Singles machen wollen.

Jawoll, Herr Abt, sagt Hugo vom Boden. Das ist der Sinn der Zentrifizinkung.

Und wir?, sage ich, Leute wie Knilli, Rothändle oder Sepp Doll, die sich niemals eine Eigentumswohnung werden leisten können? Was passiert mit denen? Wo sollen die hin?

Kaninchenberg, sagt Hugo, Hasenbergl.

Halt endlich dein blödes Maul, Hugo, faucht Wollkenstein und erhebt sich abrupt.

Wir gehen.

An der Tür reiche ich dem Guru der Erweckten die Hand zum Abschied.

Die Erinnerungsfotos, sage ich, finden Sie übermorgen in der Münchner Aberzeitung.

Das wäre in der Tat eine Sensation, sagt Teflon-Toni.

Wenn du diese Wichsbilder abdruckst, bist du tot, sagt Wollkenstein.

Wenn Sie mir allerdings hoch und heilig versprechen, sagt Ilse, dass Sie diese Mordaktionen im Beton umgehend einstellen, könnten wir noch einmal über die Fotos reden.

Ohne Beweise?, sagt er kalt.

Nehmen Sie es als Warnung, sage ich. Wenn Sie nämlich jetzt nicht parieren, Herr Wollkenstein, lasse ich Sie und Ihren kriminellen Laden hochgehen, Sie dämliches Keksgesicht.

Keine Regung.

Kein Abschiedswort.

Nur seine Blicke töten.

Dann sind sie verschwunden wie eine Fata Morgana.

Minuten später ist Toni Mussa, der Chefredakteur der Münchner Aberzeitung, wieder da.

Wo sind die Fotos?, sagt er.

Ich hab den kompletten Vorgang mit meiner Handy-Kamera gefilmt, sagt Klara, und ein paar Standbilder aus verschiedenen Blickwinkeln heraus geschossen.

Toni läuft das Wasser im Munde zusammen, als er das Material auf dem kleinen Monitor sichtet. Besonders gut gefällt ihm die Sequenz, in der die süße Maria vor des Wollkensteins Schoß kniet und seinen Schritt schrubbt.

Ich schick sie per Mail, sagt Klara.

## 51

An einem anderen Morgen, ich komme gerade von der Großmarkthalle mit Obst und Gemüse für Rüdiger, ist eingebrochen worden.

Mein Bett umgeschmissen, die Matratze zerschnipselt, der Nachttisch in sämtliche Einzelteile zerlegt, der spindige Holzschrank ohne Türen; sogar Rüdigers Lager haben sie gefilzt.

Das alte Geld wurde nicht angerührt.

Jedenfalls fällt mein Verdacht sofort auf Wollkensteins Erweckte. Doch wieder gibt es keine Beweise. Es ist zum Kotzen.

Mit Rüdiger und Klara am Stammtisch. Ludwig weilt in Bad Abbach zur Kur.

So, wie meine Bude momentan ausschaut, sage ich, wäre es endlich an der Zeit, für Rüdiger eine eigene Bleibe zu suchen.

Lore Frenzens Wohnung?, sagt Klara.

Unter dem Dach?, sagt Rüdiger. Nein danke.

Was ist überhaupt mit Lieselottes Wohnung drüben in Haidhausen, Valentin?

Harry hat einen Interessenten, es kommt aber auf den Kaufpreis an. Haidhausen ist teuer.

Wie viel ist teuer?, fragt Rüdiger.

So ein Loft, 120 Quadratmeter, mit eigenem Lift, großer Terrasse und exklusiver Ausstattung wie Stuckdecken und Whirlpool im Bad – das kriegst du in Haidhausen nicht unter einer Million, sage ich.

Was ist mit der LiLoSec?, sagt Klara.

Die werde wohl ich übernehmen müssen, obwohl ich das elektronische Zeug nicht mag. Aber darin liegt vermutlich die Zukunft meiner Branche.

Vor einem simplen Einbruch bewahrt es dich aber leider auch nicht, sagt Klara.

Wo sie recht hat, hat sie recht.

Sepp Doll wirft uns die druckfrische Münchner Aber-Zeitung auf den Tisch. Die Titelseite ziert eine riesige Überschrift:

Der Guru und die Muschimaus

Darunter ein Foto von Wollkenstein, der soeben von Maria bearbeitet wird. Eine höchst verfängliche Aufnahme. Das Mädchen ist zum Glück nicht erkennbar. Dafür ist die Visage vom Boss der Erweckten mitten im Blickfeld. Sein fetter Hennabart sticht dem Betrachter geradezu ins Auge.

Darunter folgender Text:

*ABER wir haben es immer gesagt, auch Männer sind nur Männer. Unlängst fand in einem Münchner Nobelrestaurant mit ausgezeichneter Küche eine große Sause statt. Unter den Gästen war auch der schwerreiche Vorstandsvorsitzende der Religionsgemeinschaft der Erweckten und Besitzer der Münchner Baugruppe, der selbst ernannte Guru Kurt Wollkenstein.*

*ABER wird dieses Foto, blitzschnell geschossen vom Top-Reporter der Münchner Aberzeitung, nicht seiner weiteren Karriere schaden?*

Rüdiger heult vor Freude.

Der *Blaue Ochse* ist ein Nobelrestaurant mit ausgezeichneter Küche! Mit ausgezeichneter Küche! Ein Nobelrestaurant mit ausgezeichneter Küche!

Damit tanzt er zurück in seine ausgezeichnete Küche und legt Weißwürste für unseren Frühschoppen ein.

Klara deutet auf die Aberzeitung.

Das gibt Ärger.

Mit Wollkenstein, sage ich und reiche Sepp Doll den Sportteil. Die Blauen haben verloren. So wird das nichts mit dem Aufstieg. Die Roten sind in irgendeinem Endspiel. Ich kanns nicht mehr hören.

Die Welt bleibt ungerecht.

Als wir an den weißen Würsten zuzeln, hockt Rüdiger bei uns und zuzelt mit.

Ich könnte zu Klara ziehen, sagt er, wenn sie mich denn mag.

Ich täte dich schon mögen, sagt sie, aber ich weiß nicht, wie Friedrich Karl Alexander über die Sache denkt.

Das ist geklärt, strahlt Rüdiger, inzwischen sind wir ein gutes Team.

Am Nachmittag sind wir in der Wohnung von Lore Frenz. Die Bude ist weitgehend leer geräumt. Die Katzen sind im Tierheim, nur der verdammte Katzendunst hängt noch in allen Räumen. Wieder reißt es mich nach einer Zigarette. Aber ich habe gerade aufgehört, will nicht mehr anfangen.

Mit Ludwig und Rüdiger und Knilli schleppen wir meine Bettstatt hinauf, den notdürftig reparierten Nachtkasten und das alte Sofa, das Rüdiger bisher als Nachtlager gedient hat.

Die Dusche im Bad funktioniert, desgleichen das Klo, und an die Stelle des riesigen antiken Fernsehgerätes, das jetzt im Hof steht, wird eine Essecke installiert. Die Küche bleibt vorerst, wie sie ist. Lores verbliebenes Geld wird für die geplante massive Sicherheitstür samt etlichen neuen Überwachungskameras draufgehen.

Am späten Abend steht Ilse in der Tür und lädt mich zum Essen ein. Nicht im *Blauen Ochsen,* wo uns alle zuschauen.

Bei einem wunderbar intimen Inder in Großhesselohe. Wir speisen gemütlich, trinken eine Flasche Wein und fahren zurück in ihre Wohnung.

Noch ein Fläschchen Wein, und es kommt, wie es kommen muss zwischen Männlein und Weiblein: Wir landen in der Heia, die nun die Welt bedeutet.

Ilse ist vielleicht Beamtin.

Im Bett ist sie ein Vamp.

Ich versinke in ihr wie in einem süßen Teich, wie in der Sonne, wie in der Hölle.

Wie im Leben.

Ich hätte große Lust, die LiLoSec zu übernehmen, zusammen mit dir, sagt sie beim Frühstück am anderen Morgen.

Und dein sicherer Job? Die Beihilfe? Die Pension?, frage ich und starre auf ihre nackten Brüste.

Verbrecher zu jagen ist nicht immer ein Abenteuer, Valentin. Berichte schreiben, Verhöre leiten, Kerle festnehmen, die zwei Wochen später wieder auf der Straße sind. Und das alles immer nur in dieser Stadt.

Was hast du gegen München?, frage ich.

Nichts habe ich gegen München, überhaupt nichts. Ich liebe die Stadt. Aber man möchte doch mal raus in die Welt. Mal etwas anderes sehen, andere Luft schnuppern. Da bietet die LiLoSec mehr als das gute alte Münchner Polizeipräsidium in der Ettstraße.

Der Duft der großen weiten Welt?

Ja, Valentin. Und Geld, viel Geld.

Ich schau Ilse an – und hätte denken sollen, statt zu schauen. Denn Geld hat mich nie interessiert, was vielleicht mein größter Fehler ist.

Sie streckt sich und reckt sich, ihr Körper bewegt sich auf mich zu, nimmt mich gefangen, verführt mich zu gierigen Brummtönen.

Ilse gibt mir den Rest.

Dann entschwindet Teflon-Toni. Die Münchner Aberzeitung bringt die Nachricht in großen, schwarzen Lettern. Toni Mussa sei plötzlich erkrankt und noch plötzlicher verstorben.

Das stinkt zum Himmel.

Ilse wendet sich ans Vermisstendezernat und kriegt die Nachricht, Anton Mussa sei in der Nacht vom

Donnerstag auf Freitag zum letzten Mal in seinem Büro gesehen worden.

Am Donnerstag waren die Fotos erschienen.

Wie hat es die sprechende Hennahecke formuliert?

*Wenn du diese Wichsbilder abdruckst, bist du tot.*

## 52

Man glaubt es ja nicht, was eine Wohnungseinrichtung kostet. Auch wenn man keine großen Ansprüche stellt. Ich brauche kein Protzbett mit Wasserfüllung. Keine Badewanne für 15 Lappen.

Keinen sprechenden Kühlschrank, der mir mitteilt, dass die Milch gar ist. Der sie auch noch selber bestellt.

Mag sowieso keine Milch.

Ich brauche keine Designer-Couch und keinen 68-Zoll-Flachbildfernseher mit Internet-Anschluss, Facebook und Millionen Follower bei Twitter.

Keinen begehbaren Kleiderschrank. Kein Parkett und keine Stuckdecken. Kein Türschild aus Silber. Keine Wasserhähne aus Gold.

Nicht achtzig Paar Schuhe, zwanzig Anzüge, neunzehn Smokings und zweihundert Unterhosen.

Mir genügt das Leben. Tisch, Bett, Stuhl, Schrank.

*That's all.*

Gerade schraube ich die letzte Birne in die Lampenfassung, da klingelt es an der Tür. Draußen steht Bertil Lanski. Blass ist er und schmal; ein Kleinganove, der um sein Leben fürchtet.

Was willst du?, sage ich.

Kann ich reinkommen?, sagt er.

Ich setze ihm ein Gläschen Bauerntrank vor, das er gierig schluckt. Seine Augen betteln um mehr. Nach zwei weiteren Gläsern beginnt er ohne Punkt und Komma zu reden.

Die Stimmung in der Baugruppe und speziell bei den nächtlichen Aktionen mit Otto und dem Betonwagen ist umgeschlagen. Von oben kam die Weisung, Waffen zu tragen und kompromisslos gegen etwaige Späher vorzugehen.

Was meinst du mit Späher?, sage ich.

Wir sollen jeden abknallen, sagt Bertil, der uns beim Versenken der Säcke beobachtet. Aber das bin ich nicht. Ich bin kein Killer. Verstehst du, Gaukler? Ich gehöre nicht zu denen, die mit einer Knarre herumlaufen und Leute umbringen.

Du killst sie auf andere Weise, sage ich.

Da sind sie bereits tot, sagt er.

Bist du sicher?

Meine Mama hat mir beigebracht, ich soll nicht fragen. Arbeite, Junge, hat sie gesagt, und frage nicht. Fragen ist nicht gut.

Woher stammst du?, frage ich.

Aus einem kleinen Nest in Bulgarien, wo Deutsche leben. Alle dort wollen nach Deutschland, ins gelobte Land, wo es alles gibt. Autos und Häuser und Geld und Weiber. Die haben sich das ausgemalt. Auch meine Mama hat das gesagt. So bin ich nach Deutschland gekommen. Ohne Auto, ohne Geld, ohne Haus, ohne Beruf. Hab mich am Münchner Hauptbahnhof herumgetrieben, eine Weile unter den Brücken gewohnt. Kann ich noch einen haben?

Ich stelle ihm die Flasche hin.

Er trinkt und redet.

Bei der Baugruppe bin ich ein paar Monate später gelandet. Haben mich als Bauhelfer eingeteilt, als Mädchen für alles. Hab Otto getroffen. Otto, der den Betonmischer fährt. Ich hab Otto immer bewundert, tu ich heute noch. Hab ja nicht mal einen Führerschein. Dann bin ich mit ihm auf Tour gegangen. Jede Woche einmal. Nur nachts. Schwarze Säcke in Baugruben werfen. Manchmal einen, manchmal zwei oder drei. Arbeit für eine Stunde. Den Rest der Woche frei bei guter Bezahlung. Einzige Bedingung, keine Fragen. Daran hab ich mich gehalten. Wir sind ein gutes Team, Gaukler.

Langsam wird Bertil besoffen.

Warum kommst du damit zu mir?, frage ich, hast du keinen Friseur, dem du diesen Quatsch erzählen kannst?

Otto ist weg.

Otto? Der den Beton auf die Säcke gekippt hat?

Genau der. Letzte Woche sagt er zu mir, pass auf, Bertil, sagt er, pass auf, die räumen uns ab wie die Fliegen. Wie die Fliegen, sagt er zu mir, wie die Fliegen, verstehst du, Gaukler: Wie die Fliegen räumen die uns ab.

Wer denn, Bertil?

Der Wollkenstein und dieser Ingenieur, der Schädel, das feige Schwein. Die wollen uns weg haben, weil wir zu viel wissen. Schuld sind die Fotos in der Zeitung. Diese verdammten Fotos sind an allem schuld. Die haben den Wollkenstein nervös gemacht. Hat durchgedreht.

Bertil weint jetzt.

Ich hab Angst, Gaukler, eine Scheißangst.

Dass sie dich abräumen wie die Fliegen?

Ja. Seit gestern ist ein neuer Mann da, für den Wagen mit dem Beton. Einer aus der Ukraine. Schwatzt kein Wort Deutsch, versteht kein Wort Deutsch, hat aber komischerweise einen deutschen Führerschein. Kannst du mir sagen, wie das geht, Gaukler?

Keine Ahnung.

Weil Wollkenstein alle schmiert, alle, sag ich dir. Und darum hab ich eine solche Scheißangst. Kann ich mich bei dir verstecken?

Bertil setzt die Flasche an, leert sie auf ex.

Kann ich mich bei dir verstecken, Gaukler?, sagt er wieder und fällt um.

Bertil ratzt auf meinem alten Bett in der Ecke, während ich nachdenke.

Teflon-Toni. Otto, der Betonfahrer. Bertil, der ihn so bewundert.

Keine Beweise. Nichts.

Lieselotte, meine große Liebe, ist tot.

Ilse Staneck? Ist an Gesetze gebunden.

Hilf dir selbst, dann hilft dir Gott, würde die Klagemauer sagen. Aber der alte Herr hilft nicht.

Hat keinen Twitter-Account.

Schließlich hocke ich bei Klara. Wir quatschen uns den Mund fusselig. Rüdiger kocht Suppe. Frika schnarcht im Kinderzimmer.

Als die Sonne aufgeht, ist die Welt wieder halbwegs in Ordnung.

Am Nachmittag ist Bertil endlich ausgenüchtert. Ich bringe ihn dazu, seinen Job bei der Baugruppe weiterzumachen. Muss allerdings versprechen, auf ihn aufzupassen. Dafür wohnt er die nächste Zeit im Kinderzimmer, dem ehemaligen Reich von Lores Katzen. Der Boden fehlt zwar, Bertil muss auf dem Estrich nächtigen, dafür ist der versiffte Katzenmief erträglicher geworden. Rechtzeitig vor der nächsten Lieferung wird er mir Bescheid geben.

Ich verlasse das Haus, Ilses Nobelauto inspizieren.

Da fällt der Schuss.

## 53

Etwas zupft an meiner Schulter. Kein Knall, kein Schall, kein Laut. Blut am Ärmel. Rinnt am Oberarm herab.

Leichtes Schwächegefühl.

Taumeln.

Ich muss unbedingt zu Lieselottes Flitzer, dem Mustang, der am Straßenrand auf mich wartet.

Jeder Schritt hakt.

Der Autoschlüssel mit der Fernsteuerung, wo ist er? Liegt auf dem Boden. Ich geh in die Knie, finde den Schlüssel, erspüre den Knopf. Drücke ihn, um den Wagen zu entriegeln.

Eine Stichflamme schleudert mich zurück in den sicheren Hauseingang.

Da liege ich nun wie ein Maikäfer auf dem Rücken und muss zusehen, wie Lieselottes Vermächtnis in Rauch aufgeht.

Sirenen. Dann nichts mehr.

Komme zu mir, liege in einem Krankenbett. Die linke Schulter verbunden, aber sonst bin ich fit wie ein neuer Turnschuh.

Eine robuste Krankenschwester steht vor mir, fixiert mich mit strengem Blick.

Ich bin fit wie ein neuer Turnschuh, sage ich und will raus.

Man hat mich vor Ihnen gewarnt, Herr Gaukler, sagt sie. Sie gehören zu den unruhigen Geistern, die gerne mal abhauen. Aber Sie stehen unter Schock, mein Herr. Da ist Ruhe angesagt. Absolute Bettruhe.

Robust drückt sie mich wieder in die Federn.

Bin vollkommen harmlos, will ich noch sagen, doch dann erwischt mich ein saftiger Kreislaufkollaps.

Mitten in der Nacht. Stille ringsum.

Die Einsamkeit umgibt mich wie ein Mantel.

Niemand an meinem Bett. Keiner auf dem Flur. Niemand im Schwesternzimmer. Niemand auf der Röntgenstation. Im OP. Im Rauchereck. Nicht einmal auf Intensiv. Pennen alle den Schlaf der Gerechten.

Dann geh ich halt.

Das Zippen an der Schulter – weg.

Der Schock – weg.

Die robuste Krankenschwester – weg.

Die Tatkraft – da.

Die Stinkwut – da.

Wunderbar.

Daheim pflücke ich den Verband von der Schulter. Nur ein verdammter Streifschuss. Ich putze die Wunde mit ein paar Tropfen Bauerntrank und hau mich in die Falle.

Das hatte sich Herr Wollkenstein fein ausgedacht. Hetzt mir einen Killer auf den Hals. Mit schallgedämpftem Scharfschützengewehr. Ein solches Geschäft beherrscht nur ein Profi. Diese Kerle gibt es im Dutzend für ein paar Mücken am Hauptbahnhof.

Doch Wollkenstein ist misstrauisch. Ballert der Kerl daneben, deponieren wir noch eine Sprengladung in der Edelkarosse der entsorgten Freundin.

Valentin Gaukler muss über den Jordan. So oder so.

Leider hat der Scharfschütze nicht scharf genug gezielt. Und die Bombe war mit der Fernsteuerung des Autoschlüssels und nicht direkt mit der Zündung des Wagens verbunden.

Dumm gelaufen, Wollkensteinchen, fettes altes Wollkenschweinchen.

Schade nur um den Mustang. Die Karre hätte gut und gerne 70.000 Mücken gebracht. Hatte den Kies eingeplant für Frikas elektronische Armprothese mit Schnittstellen zwischen Gehirn und Maschine. Mit Elektroden und Sensoren.

Lahme gehen, Blinde sehen.

Nein!

Vermögende Lahme gehen, vermögende Blinde sehen.

*The same old story.*

Doch Friedrich Karl Alexander Imhof ist bald nicht mehr arm. Gehört bald nicht mehr zum Prekariat. Gehört bald nicht mehr zu den Typen vom Hasenbergl oder dem Auswurf von Neuperlach.

Frika denkt sich bald, ich spiele jetzt auf meiner Trompete ein Stückchen vom Georg Friedrich Händel, und los gehts.

Die künstlichen Glieder bewegen sich schneller als alle Gedanken.

Die Finger *sehen* die Knöpfe des Instrumentes. *Fliegen* über die Noten. *Tanzen* hinein in die Melodie. Werden eins mit Rhythmus und Tonfolge.

Aber Lieselottes Untersatz ist nun mal verbrannt. Wird man eine andere Lösung finden.

Am Morgen danach schmerzt mein Arm wie Hölle. Kann mich kaum bewegen. Muss der robusten Krankenschwester Abbitte leisten. Jedenfalls komme ich nicht aus dem Bett.

Bertil, der noch immer im Kinderzimmer haust, bringt mir Suppe und starken Kaffee. Dazu Butterbrezen und eine Schachtel Salem ohne. Der erste Zug haut mich völlig von den Socken, die Kippe fliegt aus dem Fenster, die Schachtel hinterdrein.

Bertil schaut mir eine Weile zu, verschwindet dann wieder in seiner Bude. Ich bin allein. Mir ist speiübel, aber telefonieren kann ich.

Zunächst rufe ich im Präsidium bei meiner Kriminaldings Ilse an. Geht nicht ran, ist schwer unterwegs, schlimme Räuber fangen.

Dann eben Harry Hoyla in Haidhausen.

Was ist mit dem Interessenten für meine Wohnung?, frage ich.

Für 800 Mille ist sie morgen weg, sagt er.

Nicht unter 1,4 Mio, sage ich und denke dabei an Frikas Armhilfe.

Wirst du nicht kriegen, Valentin.

Such einen Russen, sage ich, die haben Kohle.

Lass mir Zeit, Kumpel.

Bertil Lanski steht in der Tür. Blaumann, die Tasche mit Brotzeit und Thermoskanne in der Hand.

Morgen Nacht, 3.00 Uhr, sagt er. Aber ich bin nicht für den Job eingeplant.

Wo?

Germering-Harthaus, Nähe S-Bahn. Riesige Baustelle, nicht zu verfehlen.

Dann ist er weg.

Mein Handy dudelt. Wollkenstein. Ich fass es nicht. Kaum denke ich an den Hennamann, ruft er an.

Was wollen Sie?, sage ich.

Wir haben Ihren Bruder, sagt er.

Gabriel?, schnappe ich.

Ja, Gabriel Gaukler, den bekannten Privatdetektiv, lieber Valentin. Ich darf Sie doch Valentin nennen, lieber Valentin?

Ist mir scheißegal, wie Sie mich nennen. Ich will sofort mit Gabriel sprechen.

Aber Gabriel will nicht mit Ihnen sprechen, sagt Wollkenstein. Er mag Sie nicht mehr, seit Sie damals im Streit voneinandergegangen sind.

Das geht Sie einen Dreck an, krächze ich.

Hören Sie gut zu, Valentin. Ich lade Sie ein zu einem Plausch unter Männern in mein Häuschen in Grünwald. Wir trinken Tee, essen Kekse und unterhalten uns ein wenig. Einigen wir uns, können Sie Ihren Bruder sofort wieder mitnehmen.

Ich hasse Tee und Kekse, keuche ich wutbesoffen.

Einigen wir uns allerdings nicht, so sehe ich für die Zukunft Ihrer Restfamilie schwarz.

So schwarz wie ein Leichensack?, brülle ich.

Ich erwarte Sie heute Nachmittag, pünktlich um 17.00 Uhr. Alte Chaussee, Nummer 1, schmiedeeisernes Tor. Ruhige Sackgasse. Nicht zu verfehlen.

Leg dir die Ruhe eines Stuhles zu, sagt Konfuzius, denn der Stuhl muss auch mit jedem Arsch zurechtkommen.

Noch bin ich der Stuhl. Schon bald aber bin ich die schlimme, die eklige, die *tödliche* Keule.

## 54

Muss mich verkabeln, wenn ich zu Wollkenstein gehe. Beweise häufeln.

Hocke in Lieselottes Wohnung, studiere deutsche und englische Gebrauchsanweisungen. Hantiere mit Kabeln und Mikrofonen.

Mit Knopf-Kameras, fremdartigen Steckern und Adaptern.

Lese über das Recht auf Intimsphäre, lese über das Hausrecht und was mir bei unerlaubten Aufzeichnungen in Privaträumen blüht.

Kapiere nix.

Camcorder mit Firewire-Schnittstelle. HDMI-Signale. USB-Anschlüsse. Millionen Treiber.

Kapiere einfach überhaupt garnix.

Lieselotte, wo bist du?

Hilf mir, du schwarzmähniges Wahnsinnsweib mit deinen köstlichen Doppelwhoppern.

Schließlich landet das gesamte Equipment für Schnüffler und Schlapphut-Typen in einer staubigen Ecke. Ich werde mit dem Zeug nicht warm.

Es muss eine andere Lösung geben.

Ich klingle bei Harry durch.

Hast du eine Knarre für mich?, sage ich.

Nicht registriert?

Natürlich nicht registriert, du Affe.

Nervös?, sagt er.

Hast du nun ein Schießeisen oder hast du keins?

Was ist los? Kann ich dir helfen, Valentin?, sagt er.

Ja, du Arsch, mit einem fetten Ballermann.

Von mir aus. Du bist ein großer Junge und musst selber wissen, was du tust. Ich besorge dir eine Brünner CZ75. Stangenmagazin mit sechzehn Patronen im Kaliber .40 S&W. Reicht dir das?

Reicht, sage ich, wann?

Frühestens morgen Nachmittag.

Gehts nicht schneller?

Nein, Valentin.

Leck mich, sage ich und trenne die Verbindung.

Meinen Wagen parke ich zwei Straßen weiter unter Alleebäumen. Schlendere hinüber zur Alten Chaussee, bestaune die Protzhütten der Reichen und Schönen.

Hohe Mauern, krasse Metalltore, Videoüberwachung an jeder Ecke, Stacheldraht.

Das Viertel gleicht einem Hochsicherheitsgefängnis für Bankster und andere Gauner. Fußballspieler verstecken sich hier. Manager parken ihre BumsBunnys in den feinen Palazzi.

Vielleicht ist der eine oder andere echte Verbrecher darunter, aber das fällt in dieser Umgebung nicht mehr weiter auf.

Nach einer Video-Analyse meiner Visage am namenlosen Klingelschild schwingt das Tor auf. Ein Plattenweg aus Carrara-Marmor führt zum Portal der zweigeschossigen Villa mit Walmdach.

Das breite Eingangsportal nimmt mich auf. Ich stehe in einer Eingangshalle von der Größe eines Tennisplatzes. An den Wänden Blankwaffen. Degen und Schwert. Auf einem Schild der Spruch DENKEN IST SCHNEIDEN UND STECHEN.

Hier lebt ohne Zweifel ein Freimaurer.

Der Hausherr erwartet mich in der Bibliothek. In den raumhohen Regalen wohnen Folianten, in Schweinsleder gebunden. Die Titel auf den Buchrücken sind in lateinischer Sprache.

Ein Tischchen in der Mitte des Zimmers trägt eine Flasche Cognac. Davor stehen zwei nicht besonders bequem aussehende Sesselchen.

Schweigend nehmen wir Platz. Man reicht mir einen gefüllten Cognacschwenker. Das Dienstmädchen verschwindet. Wir sind allein.

Sehen Sie sich ruhig um, sagt Wollkenstein, wir haben alle Zeit der Welt.

Wo ist mein Bruder?, sage ich, ohne den Cognac auch nur anzurühren.

Er schläft jetzt, sagt der Guru der Erweckten.

Wo ist mein Bruder?

Wir haben uns sehr lange über Sie unterhalten, Valentin. Gabriel hat mir erzählt, wie Sie mit ihm umgegangen sind, die letzten Jahre, beziehungsweise, wie Sie nicht mit ihm umgegangen sind. Dass Sie plötzlich und ohne erfindlichen Grund jeden Kontakt zu ihm abgebrochen haben. Dass Sie sich geweigert haben, mit ihm brieflich oder per

Internet zu kommunizieren. Dass Sie ihm Ihre Adresse nicht mitteilen und er keine Telefonnummer von Ihnen besitzt. Immerhin ist er Ihr leiblicher Bruder und einziger Verwandter. Gabriel ist sehr traurig über den Zustand Ihrer Beziehung. Sollten wir uns einig werden, Sie und ich, lieber Valentin, so bin ich gerne bereit, zu vermitteln.

Zwischen ihm und mir?, sage ich.

Mein Blick fällt auf eine Tapetentür, die seitlich in einen weiteren Raum führen muss. Wollkenstein bemerkt meine Neugier.

Wollen wir?, sagt er.

Wir gehen hinüber, er öffnet das Gelass. Wir verlassen die reale Welt. Tauchen ein in ein Gespensterreich von gewaltigen Ausmaßen, begleitet von Wollkensteins Kommentaren. Die Halle misst mindestens zwanzig auf zehn Meter im Geviert, bei einer Höhe von geschätzten acht Metern.

Ich darf Sie ganz herzlich begrüßen in meinem bescheidenen Kabinett. Es beherbergt seit einigen Jahren das Vermächtnis des Bologneser Sammlers Aldrovandi, der es sich im Mittelalter zur Aufgabe machte, eine Wunderkammer zur geistigen Erbauung seiner Zeitgenossen zu erschaffen. Aldrovandi war Professor für Philosophie und Kunstgeschichte. Er konzipierte sein Werk als möglichst komplette Sammlung von Beispielen, wobei jedes einzelne Stück als Karteikarte in einem Weltregister diente. Unermüdlich schrieb der Gelehrte Notizen auf Handzettel und ordnete sie alphabetisch in Taschen, bevor er sie neu sortierte und auf Bögen klebte. Bei seinem Tod hinterließ Aldrovandi sage und schreibe 360 handschriftliche Bände. Siebzig davon befinden sich nunmehr in meinem Besitz.

Was ist das?, sage ich und gehe zu einem lang gezogenen Metalltisch in der Mitte des Raumes.

Das ist mein anderes Steckenpferd. Gläser mit in Alkohol eingelagerten Gehirnen verblichener Menschen. Die Sammlung ist allerdings erst im Entstehen begriffen und enthält noch sehr wenige Exponate. Schauen Sie nur, Valentin: Jedes Gehirn weist eine andere Oberflächenstruktur auf. Und jedes Behältnis ist ordentlich mit den Initialen des Toten beschriftet.

GW, lese ich laut: Gerwin Lappe? AS – Alfred Schwayer? HP – Heinz Pongratz? MK – Maria Krauß? RP – Reginald Prall? OP – Otto Prackelt, der Betonfahrer? IS – Ilse Staneck? Warum haben Sie Ilse beseitigt?

Die Kriminalbeamtin? Weil sie mir zu nahegekommen ist. Weil sie drauf und dran war, mein Geschäft kaputt zu machen.

Das Geschäft mit den Toten im Beton?

Nicht nur das, sagt Wollkenstein. Ilse Staneck wollte beteiligt werden. Mit fünfzig Prozent von allem.

Fünfzig Prozent von allem?, sage ich.

Wir haben verhandelt. Ilse war uneinsichtig, das sture Weib. Sie wollte mich klein sehen. Mich, den Begründer der Erweckten, den Aufsichtsratsvorsitzenden der Baugruppe. Eine vollkommen absurde Vorstellung.

Ilses Leib liegt also jetzt im Beton?

Und ihr Hirn im Alkohol – so kanns gehen, Valentin.

Später sitzen wir wieder in der Bibliothek. Ich kippe den Cognac auf ex. Habs mir verdient.

Wollkenstein mustert mich lächelnd.

Und jetzt zu Ihnen, Valentin: Sie werden nun ein von mir vorbereitetes Schriftstück unterzeichnen, worin aufgeschrieben ist, dass Sie als Vorstandsmitglied der Baugruppe genauestens über jedes Geschäft informiert waren und auch weiterhin informiert sein werden. Zugleich ernenne ich Sie hiermit zum Vizepräsidenten der Baugruppe. Sollten Sie also Ihr Wissen der Polizei gegenüber preisgeben, werden zeitgleich zwei Dinge geschehen.

Das wäre?, sage ich und fülle den Cognacschwenker bis zum Rand.

Zum einen stirbt Ihr Bruder Gabriel in bewährter Weise auf einer Baustelle im Beton. Gerade errichten wir das Fundament für ein neues Atomkraftwerk im fernen Weißrussland. Da kräht kein Hahn mehr nach Gabriel.

Und zum anderen?

Zum anderen landet das Dokument mit Ihrer Unterschrift beim Münchner Polizeipräsidenten zur Kenntnisnahme und Weiterleitung an das Landeskriminalamt. Damit sind Sie erledigt, mein lieber Valentin.

Ich unterschreibe nicht.

Auch kein Problem, sagt Wollkenstein. Wir beschäftigen einen Grafologen. Ein Meister seines Faches. Der Bursche fälscht Ihre Unterschrift besser, als Sie es selber könnten.

Wozu haben Sie mich dann überhaupt hergeholt?

Ich wollte Ihnen und Ihrem Bruder eine letzte Chance zur Versöhnung geben. Noch ist es nicht zu spät. Noch können Sie bei mir einsteigen. Die Baugruppe braucht dringend gute und zuverlässige Leute.

Zuverlässig war ich nie, du verdammte Flachfeile, brüllt es aus mir heraus.

Das teure Gesöff landet im Gestrüpp der sprechenden Hecke. Der Schwenker saust hinterdrein. Ich reiße das Tischchen um, will Wollkenstein an die Gurgel.

Die Tür schwingt auf.
Wollkiges Gelächter.
Fäuste.
Finstere Nacht mit Sternenglanz und Harfenklang.

## 55

Licht. Wärme. Chlor.

Schwimmbad. Im Wasser. Nackt und bloß. Ich schaue nach oben, sehe einen falschen Sternenhimmel, höre falsche Harfenklänge.

Mich friert, ich muss raus. Eine Stiefelspitze tritt mich so heftig zurück, dass es platscht.

Schwimmen, sagt eine Stimme, die zu einem Vollbart-Hipster gehört. Der Vollbart-Hipster ist über und über mit roten und blauen und grünen Haaren bedeckt. Selbst seine Augen scheinen behaart.

Sensationeller Haarwuchs. Sensationeller Bartwuchs. Ein Geisterbahner auf Urlaub. Bringt jeden Friseur um den Verstand. Gegen ihn ist Wollkenstein mit seinem Hennavollbart ein Glatzenföhner.

Auf dem Schopf thront eine Baskenmütze. Schwarzes Muskel-Shirt, knapp sitzende Jeans.

*Machts hinter dir laut PENG, war dir die Jeans zu eng.*

Dazu eine schwarze Sonnenbrille und Doc-Martens-Stiefel.

Der Bursche ist noch keine dreißig.

Wieder will ich aus dem Wasser, meine Arme beginnen zu erlahmen. Suche nach Grund für die Füße. Es gibt keinen. Offenbar hat dieses verdammte Schwimmbecken einen absenkbaren Boden.

Der Stiefel tritt mich zurück. Diesmal versuche ich ihn zu packen, es misslingt.

Kraule zur gegenüberliegenden Breitseite des Pools. Der Vollbart-Hipster rennt los, erwischt mich am Arm, schmeißt mich ins Wasser.

Tauche zur Längsseite. Der Kerl erfasst mich, drückt mich ins Wasser. Seine Wampe lässt ihn ächzen wie einen Schwabbelpanzer.

Lange packt der das nicht mehr, denke ich. Aber ich auch nicht.

Ich bin der Valentin, sage ich zur Versöhnung.

Lothar, sagt er.

Lothar, der Vollbart-Hipster, lässt mich nicht aus den Augen, erlaubt aber schließlich, dass ich am Beckenrand ausruhen kann. Dafür pflanzt er sich auf einen alten Klappstuhl.

Hey, Lothi, was machstn immer so?, sage ich.

Lebt und zufrieden, sagt er.

Dir muss doch furchtbar heiß sein unter all den Haaren, sage ich mitfühlend.

Bins gewohnt, sagt er.

Echt?

Ja. Hab seit Kind das Haarproblem. Früher hab ich mich geschämt, besonders in Schule. Jetzt verkaufe ich Haare an Perückenmacherin. Papa gibt mir Geld.

Kurt Wollkenstein ist dein Papa?

Ja, Papa ist mein Papa.

Was ist denn deine Lieblingsspeise?

Rosenkohl, sagt Lothar und kratzt sich ausdauernd unter den Achseln. Dabei schielt er konsequent.

Rosenkohl eignet sich hervorragend zum Kandieren, sage ich, zum Streuen gegen Glatteis sowie des üblen

Geruchs wegen zur Ausrottung von Ungeziefer aller Art bis hinauf zum Krokodil. Menschen, die zu viel Rosenkohl essen, unterliegen allerdings der Gefahr einer tödlichen Achselhaardetonation.

Einer wie?, sagt Lothar beunruhigt, steht langsam auf. Schielend pult er in seinen Achseln.

Rosenkohl ist das Böse in Person, sage ich düster.

Was ist Achselhaardeto...?, sagt er.

Die sogenannte und auch Achselhaardetonation passiert infolge einer Rosenkohlvergiftung. Dazu muss man wissen, dass, wenn die Achselhaare, wie bei dir, Lothar, den Boden berühren, es zu einem Kurzschluss kommt und die Haare detonieren. Auslöser dieser furchtbaren Kettenreaktion ist, wie gesagt, eine Rosenkohlvergiftung. Oder ein radioaktiv verseuchtes Deodorant. Benutzt du etwa ein radioaktiv verseuchtes Deodorant, Lothi?

Weiß nicht, greint der Haarige.

Sag mir den Namen von dem Spray, dann kann ich seine Inhaltsstoffe analysieren.

Hab ich, stottert Lothi verzweifelt, keine Ahnung, wie das Zeug heißt. Riechen tuts gut.

Kein noch so wohlriechendes Deodorant hilft dir gegen Rosenkohl, sage ich ernst.

Und dann?, sagt er. Lothi zittert.

Wir können nur beten, sage ich, dass in den nächsten Stunden nichts passiert. Erfolgt die grauenhafte Achselhaardetonation nämlich in einem geschlossenen Raum, ist sie für alle Personen, die sich dort befinden, absolut tödlich.

Absolut töd...?, krächzt er.

Es sei denn, sage ich.

Sei was?, sagt Lothar schweißverklebt.

Man hat von Fällen in Asien gehört, in denen sich Wasser lindernd auf die gefährliche Rosenkohlvergiftung ausgewirkt hat und die Achselhaardetonation um ein paar Zeiteinheiten verzögern konnte. Wissenschaftlich determiniert ist das alles leider nicht.

Sagst du Wasser?, sagt Lothar.

Komm rein, ist genügend da, sage ich sanft, und der arme Kerl springt tatsächlich.

Lothar ist fett, behaart, kann nicht schwimmen, sackt auf den Grund wie ein Stein.

Jetzt muss ich mich schleunigst um Gabriel kümmern. Vorher will ich meine Klamotten zurückhaben. Ich durchquere den Vorraum des Bades, suche bei den Duschen, dem Ruheraum, der Sauna. Schließlich finde ich mein Zeug im stillgelegten Dampfbad. Die Boots verknote ich und hänge sie über die Schultern.

Weiter auf Zehenspitzen. Vorsichtig luge ich in die Bibliothek, niemand da. Öffne lautlos die Tür zur Kunstkammer. Wollkenstein kauert vor seinen eingelegten Alkoholbirnen und schnarcht selig.

Weiter.

Die Tür zum Keller ist angelehnt. Licht an und runter. Gänge verzweigen sich. Eine Stahltür mit massivem Vorhängeschloss. Lege das Ohr an und lausche. Klopfen. Plärren: *Ich töte euch alle, ihr Friedhofsjodler.*

Gabriel hat mich ständig so genannt: du verdammter Friedhofsjodler.

Alle waren für ihn Friedhofsjodler, wo doch wirklich in keinem Friedhof auf der Welt offiziell gejodelt werden darf. Vielleicht ist das in Giesing anders. Aber in Giesing ist sowieso alles anders.

*Friedhofsjodler.*

Klingt nach Gabriel.

*Ist* Gabriel.

Ich hämmere gegen die Tür, auf die Gefahr hin, dass Wollkenstein mich schnappt und wieder ins Wasser oder gleich in den Beton schmeißt.

Mein geliebter Bruder, den ich so hasse, kann mich nicht hören. Das Türblatt schluckt jeden Laut.

Geräusche von droben. Wollkenstein brüllt. Hat seinen behaarten Nach-Wuchs im Pool entdeckt.

Höchste Zeit zu verduften.

## 56

Erst auf dem Rückweg geht mir ein Licht auf, was meine charmante Blödelei mit dem stinkigen Rosenkohl und der Achselhaardetonation angerichtet hat.

Des Gurus Bub ist im Pool ersoffen. Bruder Gabriel schwebt in Lebensgefahr.

Wenn der Tod kommt, ist Sense.

Abrupt stoppe ich den Wagen, stelle ihn ab und stapfe zu Fuß weiter. In den *Blauen Ochsen* kann ich nicht zurück.

Bleibt nur Roman Heinze in der Rosselinistraße 11, Hinterhaus, 4. Stock.

Roman Heinze, der kleine Bursche mit dem schütteren Haar, der mehligen Visage und tausend Ringen unter den Augen.

Wie immer trägt er die Montur des Kochs. Wie immer fragt er nicht, sagt nichts, schweigt mich an. Ich schweige zurück; glücklich, für ein paar Stunden einen Unterschlupf gefunden zu haben.

Ich stecke mitten in einem komplizierten Traum, da weckt mich das Handy.

2.10 Uhr.

Bertil ist dran, seine Stimme gleicht vor Aufregung einem Turbo Booster.

Wo steckst du, Gaukler?

Hol mich ab, sage ich und nenne die Adresse.

Eine Viertelstunde später rattern wir in seinem Panda hinaus nach Germering.

Leichter Nebel überzieht die Gegend. Ich weiß nicht, ob es ein gutes Omen oder ein schlechtes Omen ist. Wäre Regen besser? Oder Glatteis? Oder der Weltuntergang?

Eine Knarre besitze ich leider noch immer nicht. Mein Selbstbewusstsein passt unter jeden Teppich. Das Wasser steht mir bis zum Hals.

Sieben Minuten vor drei queren wir die Gleise des Germeringer S-Bahnhofes und stehen bald vor der mit einem hohen Drahtzaun abgesicherten Baustelle.

Der Nebel verzieht sich, wir haben Vollmond.

Ein Blechschild:

DIESE BAUSTELLE IST EINGESTELLT
DAS BAUREFERAT DER STADT MÜNCHEN

Dennoch steht das Tor weit offen.

Drinnen Baucontainer. Daneben Erdaushub. Halb fertige Gerüstskelette, Zementsäcke, Schubkarren, ein vor sich hin gammelnder Löffelbagger. Stapel von Baustahl. Ein Kran, an dem noch der Betonkübel hängt.

Wir verlaufen uns fast, bis wir in etwa fünfzig Metern Entfernung den Betonmischwagen sehen. Die Scheinwerfer sind dunkel, doch die Trommel ist in Betrieb.

Hinter dem Gefährt wartet ein schwarzer Geländewagen.

Wir pirschen uns näher. Ich lege meinen Finger auf den Mund, Bertil nickt.

Schließlich kauern wir hinter dem Geländewagen, warten atemlos, was gleich passieren muss.

Ein Glatzkopf steigt rechts aus, ein Glatzkopf steigt links aus. In ihren schwarzen Overalls und den Kampfstiefeln sehen sie aus wie zu groß geratene Gartenzwerge. Die Maschinenpistolen in ihren Händen gefallen mir ebenso wenig wie die dritte Gestalt, die nun das Fahrzeug verlässt.

Kurt Wollkenstein im weißen Anzug. Seide satt, nehme ich an. Seidenhemd, Seidenkrawatte, Seidenhut, Seidenschuhe. Der Kerl hat einen Knall. Welcher halbwegs normale Mensch verübt bei Vollmond einen Mord im weißen Seidenanzug?

Die beiden Riesenzwerge legen die MPs aufs Autodach. Öffnen die Hecktür. Holen einen schwarzen Sack heraus. Der Sack quietscht. Schleppen den Sack am Betonmischer vorbei.

Warten auf des Gurus Befehl.

Plötzlich zögert Wollkenstein.

Ich pflücke eine Maschinenpistole vom Autodach und stehe hinter ihm.

Da wäre ich, sage ich flott und drücke dem Guru der Erweckten die Waffe in die Speckschwarte.

Bertil hat sich die Riesenzwerge geschnappt. Zwingt sie, den quietschenden Leichensack abzulegen. Zwingt sie an den Rand der Baugrube. Erstaunlich, was eine simple Maschinenpistole bewirkt.

Zweimal Fußtritt. Zweimal Absturz der Sackträger. Sie liegen im Loch. Geschätzte fünf Meter tief. Da kommt keiner mehr rauf.

Bertil lässt die MP sprechen. Ein Monolog. Klingt wie ein aufgescheuchter Schwarm weißer Raben.

Es wird still. Die Riesenzwerge sind heimgegangen. Sie starben in den Stiefeln.

Netter Versuch, sagt Wollkenstein und dreht sich zu mir herum.

Ich hatte Sie bereits erwartet, mein lieber Valentin. Es freut mich sehr, dass Sie an unserer kleinen Party teilhaben wollen. Nur leider kommen Sie zu spät. Ihr Bruder Gabriel ist vor wenigen Stunden verblichen. Gott sei seiner armen Seele gnädig.

Quietschen Tote?, sage ich.

Vielleicht, sagt er.

In diesem Augenblick öffnet sich die Fahrertür des Betonmischers. Ein einzelner Schuss blitzt auf. Trifft Bertil ins Gesicht. Er kippt ab, verschwindet in der Grube.

Der Revolver schwenkt in meine Richtung. Ein weiterer Schuss. Meine MP fegt den Kerl zurück in seine Kombüse.

Trotzdem hat der Schütze meinen linken Arm erwischt. Fühlt sich taub und nutzlos an. Die Maschinenpistole liegt unerreichbar im Dreck.

Noch immer steht der weiße Guru vor mir. Gemütlich zieht er einen kleinen Colt.

*It's showtime,* sagt er lächelnd.

Wir erreichen den Rand der Baugrube. Unten erkenne ich Bertil. Ein zerschossenes Auge klagt mich an. Der Rest des Gesichtes ist fort.

Kaum zwei Schritte weiter liegen, im Tode vereint, die beiden Riesenzwerge. Sie grinsen. Jedenfalls bilde ich mir das ein.

Sie dürfen ein Gebet sprechen, sagt Wollkenstein.

Wissen Sie vielleicht eines, das möglichst lange dauert?, sage ich.

Zehn Vaterunser, zehn Gegrüßet Seist Du Maria und ein Rosenkränzchen für die verstorbene Erbtante, sagt er und tritt so nahe heran, dass ich seinen Knoblauchatem rieche.

Kann ich nicht, sage ich mit hängenden Schultern.

Mein gesunder Arm schwingt hoch. Ich erwische den Hennabart. Ziehe daran wie an einer Glockenschnur im Kirchturm. Der Guru weicht zurück, verliert dabei die Knarre.

Wir fallen.

Versinken im Dreck der Baugrube. Der Boden ist schlammiger Morast. Wollkenstein versucht sich zu bewegen, es misslingt. Mir geht es ähnlich.

So muss Hölle sein. Fehlt nur noch der gehörnte Teufel.

Nein.

Der Teufel steht vor mir. Bis zu den Knien im Sumpf. Trägt einen weißen Seidenanzug und einen zerfetzten Rotbart. Sein Name ist Kurt Wollkenstein.

Mühsam hebe ich das rechte Bein, das linke Bein. Die Boots schmatzen im Dreck.

Wollkenstein verliert zuerst den Seidenhut und dann die Fassung. Sein Körper ist zu schwer. Kommt nicht raus aus dem Bodensatz.

Ich falle vornüber und versuche zu einer Holzleiter zu robben, die vielleicht drei Meter vor mir im Morast liegt.

Ich packs nicht. Die Leiter ist über und über mit Schmiere, Betonresten und Farbrückständen bedeckt, steckt tief im Schlamm.

Mein linker Arm ist vollkommen taub.

Sie schaffen es nicht alleine, sagt Wollkenstein.

Was schlagen Sie vor?, sage ich.

Schieben Sie die Leiter herüber, soweit das möglich ist. Anschließend stellen wir sie gemeinsam an den Rand der Grube und klettern hinauf. Es ist unsere einzige Chance.

Und dann?, sage ich.

Kommen Sie schon, sagt er, oder wollen Sie hier unten verhungern? Kein Mensch wird uns finden. Diese Baustelle ist verwaist. Worauf warten Sie denn noch, um Himmels willen?

Ich warte auf ein Wunder, denke ich, sage stattdessen, die erste Nacht am Galgen ist die schlimmste.

Ihre dämlichen Sprüche werden Ihnen bald vergehen, sagt Wollkenstein und versucht wiederum, die Haxen aus dem Sumpf zu ziehen. Inzwischen ist der Seidenanzug mit klumpiger Erde übersät, die Krawatte verrutscht.

Über uns ein Geräusch. Der Erzengel Gabriel? Luzifers Heerscharen? Darth Vader? Schlägt das Imperium zurück? Sind die Klingonen auf dem Vormarsch?

Gleichzeitig geht unser Blick nach oben. Undeutlich erkenne ich den Ausleger des Kranes. Das Tragseil mit dem Betonkübel senkt sich langsam herab, stoppt knapp über mir. Ich packe den Auslassring, ziehe mich einhändig hinauf, bis ich endlich in den Kübel plumpse.

Von Wollkenstein kein Wort.

Das Tragseil schleppt mich hoch. Der Ausleger schwenkt hinüber zu einem Sandhaufen, bremst auf halber Höhe. Ich hänge zwischen Himmel und Erde.

Eine Gestalt klettert aus dem Kranführerhaus, geht die paar Schritte zu dem Betonmischwagen, dessen Trommel sich unaufhörlich dreht.

Der Wagen fährt rückwärts an die Baugrube heran.

Geschrei von unten. Der Beton wird abgelassen. Die Trommel dreht sich nicht mehr.

Jetzt rollt der Wagen an, kippt langsam, wie in Zeitlupe hinunter in die Grube, liegt auf dem Fundamentgraben wie ein vorzeitliches Insekt. Zuvor ist der Fahrer aus der Kiste gesprungen. Ein Blick noch in die Tiefe, dann will er davon.

Gabriel!, brülle ich.

Was willst du?, sagt er.

Reden, sage ich und rüttle an dem Betonkübel.

Zwischen uns gibt es nichts zu reden, sagt mein kleiner Bruder.

Wie bist du aus dem Sack rausgekommen?

Er ist aufgeplatzt, sagt Gabriel.

Lass mich hier nicht hängen!, brülle ich.

Du schaffst das, sagt er, wie du es immer geschafft hast.

Dann ist er weg.

Ich schaffe es tatsächlich, auch wenn es dauert. Liege auf dem Sandhaufen, rutsche herab, blicke schweigend in die Baugrube.

Wollkenstein steht bis zur Hüfte im Beton. Der Schock macht ihn stumm. Noch lebt er. Dennoch ist er tot.

Von Bertil, den beiden Riesenzwergen und dem Fahrer des Betonmischers ist nichts mehr zu sehen. Sie ruhen in einem Sarkophag aus Beton.

Der Magen rebelliert. Ich kotze mir die Seele aus dem Leib. Mein linker Arm schmerzt nicht. Der Kopf ist so leer wie eine stinkende Mülltonne.

Verweht ist mein arrogantes Macho-Gehabe. Verweht die öden Gockeleien, verweht sind die windigen sexuellen Anzüglichkeiten.

Verweht ist das Leben der Menschen, die aus nichtigen Gründen sterben mussten.

*Like dust in the wind.*

## 57

Klara Imhof hat mich gesund gepflegt. Dann hat sie Rüdiger geehelicht.

Edda hat Harry besoffen gemacht und schnell geheiratet.

Sepp Doll ist gestorben, sein Gebiss parkt auf dem Nachttisch. Die Klagemauer hat ihm die Letzte Ölung verpasst.

Lieselottes Loft hat einen neuen Besitzer gefunden. Der Erlös wird wohl für die Sanierung des *Blauen Ochsen* draufgehen.

Friedrich Karl Alexander kriegt eine Armprothese der Premiumklasse. Zunächst aber will er Koch sein, vielleicht später sogar die Meisterprüfung ablegen. Noch ist es nicht so weit, noch kriegt Rüdiger seltsame Antworten auf fachliche Fragen.

Was sagt das Bratenthermometer?
Dass der Braten Fieber hat, zwinkert Frika.

Von Gabriel hab ich nichts mehr gehört.

Inzwischen rollt die Schwangerschaftswelle.
Klara ist schwanger. Vielleicht von Rüdiger.
Edda ist schwanger. Vielleicht von Harry. Ich tippe auf Frika, aber der schweigt sich aus. Immerhin ist Harry bereit, das Kind an Vaters Statt anzunehmen.

Rothändle hat eine neue Geschäftsidee aufgetan. Zusammen mit Doppel-Didi und Karibik-Kurt sucht er auf Schrottplätzen nach dem sagenumwobenen Schrottpilz. Der Schrottpilz ist ein humanoider, metallisch brillierender Pilz, der sich von Schrott ernährt. Er wird zur Produktion von Stahl verwendet und ist Grundlage für Waffen und Automobile. Aufgrund Chinas großer Nachfrage ist der Schrottpilz unglaublich wertvoll geworden.

Im Frühjahr hat die städtische Behörde eine Überprüfung der Germeringer Baustelle angeordnet. Dabei entdeckte man in einer Baugrube einen stehenden Toten. Als der Beton aufgebohrt wurde, fanden sich Maschinenpistolen und weitere Leichen. Das Motiv der Tat ist weiterhin ungeklärt.
Später wurde der stehende Tote als Kurt Wollkenstein identifiziert, der Guru der Erweckten und Besitzer der Baugruppe. Die Baugruppe hat inzwischen Insolvenz angemeldet.

Ludwig ist endlich nach Griechenland geflogen. Mit Frauke, man höre und staune.

Harnotto hat sich beim Sturz von der Bühne die Hüfte geklemmt. Zum Falstaff reicht es nicht mehr. Oder frei nach William Shakespeare, *Wie es euch gefällt* …

… Die ganze Welt ist Bühne
Und alle Fraun und Männer bloße Spieler.
Sie treten auf und gehen wieder ab,
Sein Leben lang spielt jeder manche Rollen.

Der Rest ist Schweigen.

ENDE

# ERLÄUTERUNGEN

**AGFA-Hochhaus:** Gebäude der Agfa-Camera-Werke im Münchner Süden; gesprengt am 17. Februar 2008

**Jerry Cotton:** FBI-Agent aus der Trivialliteratur

**Deininger Weiher:** Moorsee südlich von München

**Stanislawski:** Theater-Lehrbuch

**Edelstoff:** edles Bier der Augustinerbrauerei

**Der alte Will:** der Dramatiker William Shakespeare (1564–1616)

**Tortellini Alabama:** Tortellini alla panna

**Rentner-Bravo:** Apothekerzeitung

**Eschenrieder Spange:** das Verbindungsstück zwischen den Dreiecken München-Allach und München-Eschenried; gehört zur Bundesautobahn 99

**Schwesterle:** Rainer Brüderle, deutscher FDP-Politiker

**Songtitel** *Und irgendwann bleib ich dann dort*: Lied der österreichischen Pop-Gruppe S.T.S. aus dem Jahr 1985

**Lottogebiss:** jemand mit nur noch sechs echten Zähnen im Mund

**Fußatmer:** Super-Arschkriecher; ein Mensch, der einem anderen so weit im Hintern steckt, dass nur noch die Füße rausschauen.

**Balkensepp:** anderes Wort für Jesus am Kreuz

**Lachtabak:** Synonym für Gras, Ganja, Marihuana, Wild Widow

**Château Migraine:** billiger Wein, der Kopfschmerzen verursacht

**Zentrifizierung:** Gentrifizierung

**CZ75:** Pistole aus tschechischer Produktion

**Ulissé Aldrovandi:** italienischer Gelehrter und Forscher (1522–1605)

**Wie es euch gefällt:** Drama von William Shakespeare

© Britta Dietel, designerding.com

**Leonhard Michael Seidl**, 1949 in München geboren, ist ein echtes Giesinger Original. Er schreibt Theaterstücke, Lieder und Romane und wurde dafür unter anderem mit dem Walter-Serner-Preis des Senders Freies Berlin, dem Literaturpreis des Bayernbundes München und dem Volkstheaterpreis des Landes Baden-Württemberg ausgezeichnet. Heute lebt er mit seiner Familie bei Erding.

# MÖRDERISCH HUNGRIG?

Angela Eßer (Hrsg.)
**Mordsappetit**
Klappenbroschur, 272 Seiten
ISBN 978-3-86913-174-0

Von wegen weiß-blaues Postkartenidyll! Bayern hat auch ganz andere Seiten zu bieten: Kriminell gute Autorinnen und Autoren ziehen eine Blutspur durch das ganze Bundesland von den Alpen über Augsburg und Nürnberg bis nach Bamberg – mit ihren Geschichten rund um gefährliche Köstlichkeiten und mörderisch delikate Schmankerln. Kulinarische Dreingabe zu jedem Kurzkrimi: das passende Rezept! Mordslust auf Hopfenspargelragout, Brezenguglhupf oder Weißwurst Italiano?

Mit Beiträgen von Friedrich Ani · Willy Astor · Angela Eßer · Werner Gerl · Michael Gerwien · Bernhard Jaumann · Thomas Kastura · Lotte Kinskofer · Tessa Korber · Barbara Ludwig · Andreas Mäckler · Beate Maxian · Marc Ritter · Irene Rodrian · Frank Schmitter · Leonhard Michael Seidl

# LIEBE, DIE DEN TOD BRINGT ...

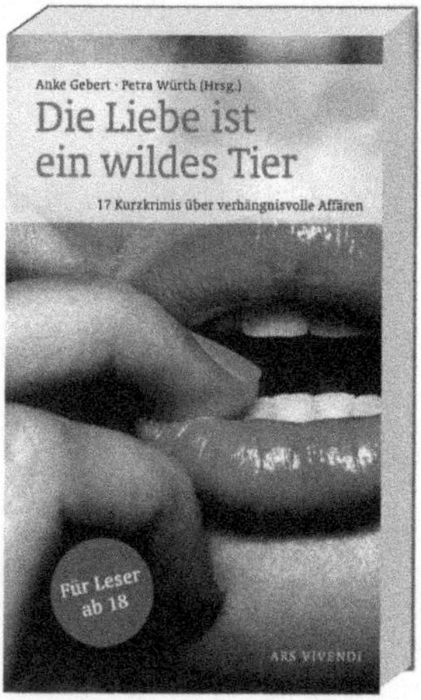


Anke Gebert · Petra Würth (Hrsg.)
**Die Liebe ist ein wildes Tier**
Klappenbroschur, 224 Seiten
ISBN 978-3-86913-200-6

Die Liebe ist eine Himmelsmacht – aber auch Todesursache Nr. 1 unter den nicht natürlichen Sterbefällen. In den Kriminalgeschichten dieser Anthologie reimt sich Herz final auf Schmerz: Leidenschaft schlägt um in Hass, Seitensprünge enden verhängnisvoll, eine Amour fou wird zur mörderischen Falle ...

Mit Beiträgen von Bernhard Aichner · Jürgen Ehlers · Marcel Feige · Anke Gebert · Nina George · Gunter Gerlach · Marina Heib · Norbert Horst · Andreas Izquierdo · Peter James · Gisa Klönne · Carmen Korn · Ralf Kramp · Tatjana Kruse · Bernhard Lassahn · Kurt Palm · Petra Würth

»Spannend [...] Die Schattenseiten großer Gefühle: In der Anthologie ›Die Liebe ist ein wildes Tier‹ [...] stellen die Herausgeberinnen Anke Gebert und Petra Würth 17 erotische und romantische Kurzkrimis vor.«

*Madame*